T3-AKC-606

Alfonso Zapater

El accidente

Alfonso Zapater

El accidente

Ediciones Destino
Colección
Áncora y Delfín
Volumen 563

Consejo de Ciento, 425. Barcelona-9
Primera edición: abril 1982
ISBN: 84-233-1204-6
Depósito Legal: B. 12.431-1982
Impreso por Gráficas Instar, S. A.
Constitución, 19. Barcelona-14
Impreso en España - Printed in Spain

Cuatro hombres encontraron la muerte cuando el vehículo en el que viajaban, de regreso de una despedida de soltero, cayó despeñado al río Aragón, aguas arriba de Villanúa (Huesca). *Sus cadáveres fueron descubiertos catorce horas después de producirse el accidente.*

(De los periódicos)

Primera parte

Antonio Ramos Fernández, hijo de Antonio y de Casilda, veintisiete años, soltero.

–¿Nombre?

El guardia Longás buscó algo con que limpiar el documento de identidad, antes de responder:

–Antonio Ramos Fernández.

–¿Edad?

–Veintisiete años, soltero, hijo de Antonio y de Casilda.

Tomó nota el cabo y después pidió el documento para guardarlo cuidadosamente en la carpeta, junto con los restantes papeles.

–Continúa manchado –observó.

–Es sangre seca, que no se va –trató de justificarse el guardia Longás.

El sol asomaba por las cumbres, inundando el valle. Avanzaba el día lleno de rumores y una suave brisa agitaba las hojas de los álamos.

–Veintisiete años, soltero–. El cabo Senante Gómez Requena miró al guardia Longás y movió la cabeza.

Espejeaban las aguas del río, trémulas, al recibir la primera caricia del sol; los murmullos nacían allí mismo y se alejaban impulsados por la corriente, perdiéndose en la angostura de la ribera. El cauce se encañonaba en aquel tramo, abismándose. De no ser por los pescadores, que avisaron alarmados, la tragedia hubiera podido quedar anónima durante días, quizás hasta meses. El cabo Senante Gómez Requena levantó su mirada sobre el abismo, en vano intento de querer divisar la carretera que discurría alta, ciñéndose a la falda de la montaña. Lo más que llegaba al río era el ronroneo de algún motor, a veces el sonido de una bocina. Ningún lugar más oculto y escarpado que aquél, con el lecho pedregoso del río abriéndose paso entre peñascos y la canción del agua rompiéndose allí mismo contra las paredes naturales, donde los murmullos alcanzaban especiales resonancias.

–Ahora a esperar la llegada del juez –dijo el cabo Senante.

–Sí, claro –asintió el guardia Longás.

–¿Cuántos son?

–Cuatro, tal como informaron los pescadores.

–¿Ninguna mujer?

–No, sólo hombres.

El cabo Senante Gómez Requena abrió la carpeta de los documentos y examinó el correspondiente a Antonio Ramos Fernández, de veintisiete años de edad, soltero, hijo de Antonio y de Casilda.

–¿Cómo es que no se encuentra junto a los otros? –preguntó.

El guardia Longás se encogió de hombros:

–Debió de salir despedido.

–Es posible.

Siguieron el rastro dejado por la sangre, restregada sobre las piedras; la huella del cuerpo había quedado marcada asimismo sobre la arena, abierta como un surco, a lo largo de más de veinte metros.

–Se ve que escapó todavía con vida, arrastrándose –advirtió el cabo Senante.

–Sí, no hay duda –confirmó el guardia Longás.

–¿Y los otros?

–Entre los restos del coche.

El sol descendió al valle una vez que superó la cresta montañosa, vencida la frontera de sombra.

Miró el reloj el guardia Longás:

–Son casi las once. ¿Cuántas horas llevarán aquí?

–Ocurrió la noche pasada, con toda seguridad. Compruebe los relojes de las víctimas, por si se pararon a consecuencia del golpe.

El guardia Longás obedeció en silencio y se fue en primer lugar al cuerpo que yacía sobre las piedras del río. El de Antonio Ramos Fernández, tendido allí mismo, cubierto de sangre y arena; le tomó por el brazo izquierdo, un tanto receloso, y comentó asombrado:

–Esto es una joya.

–¿Qué hora señala?

–Las once menos ocho minutos. Funciona.

–Mire en el coche.

El guardia Longás se acercó al vehículo, aplastado contra las piedras, informe, con tres cuerpos atrapados en su interior; miró al salpicadero por rehuir el espectáculo terrible de la muerte, pese a que luego tendría que afrontarlo, era su deber.

–Las ocho y diez –dijo.

–Las ocho y diez de la tarde de ayer, claro –completó el cabo Senante Gómez Requena; llevan aquí más de catorce horas, por eso está la sangre seca, los cuerpos fríos.

Volvió a mirar el abismo por afán de comprender mejor la tragedia. El coche cayó al salir de una curva, precipitándose en el vacío, rebotando contra los roquedales, hasta que se lo tragó la noche. Allí quedó, trampa mortal para cuatro cuerpos que probablemente alentaban aún; pero catorce horas de espera angustiosa, desangrándose, representan la muerte cierta. Era horrible. Uno intentó salir, se situó al margen de la acechanza mortal, a salvo de la prisión de chapas y hierros retorcidos, aunque sólo consiguió avanzar unos veinte metros de libertad, arrastrándose sobre el lecho pedregoso del río. Sus gritos, si es que pudo gritar, no fueron escuchados, aunque el pueblo quedara cerca, al salir de la siguiente curva, acunado en silencio, entregado a un sueño reparador y profundo, insensible al drama de aquellos cuatro hombres muriendo en el río. El cabo Senante Gómez Requena contempló el vehículo desvencijado, un montón de chatarra nada más, y trató de reconstruir la tragedia, lo escribiría en su informe para el atestado, un accidente más, pero con la particularidad de que aquél presentaba características diferentes, después de catorce horas sin descubrirlo, un período de tiempo demasiado largo, un vacío de noche y de silencio que sería preciso llenar; con la duda, además, de ignorar si la tragedia pudo evitarse en parte o quedar aminorada, en el caso de haber descubierto el accidente al poco de producirse y prestado oportunamente los auxilios necesarios a los heridos, porque era evidente que uno de los ocupantes del coche, al menos, no murió en el acto. El forense dictaminaría cómo y cuándo murieron los demás, aunque el cabo Senante Gómez Requena albergaba sus lógicos temores, tenía sus propias teorías al respecto, una vez hecha la composición de lugar.

—¿Los otros son también jóvenes? —preguntó al guardia Longás.

—Casi todos de la misma edad.

—Pues, adelante; cuanto antes terminemos, mejor.

Pronto se corrió la voz en el pueblo, la muerte atrae, ejerce un atractivo morboso y estremecedor sobre el género humano. Hubo revuelo en las casas asentadas sobre la ladera y no tardaron en animarse las calles. Muchos vecinos se encaminaron al río, deseosos de presenciar el terrible espectáculo.

—¿Qué ha pasado?

El cabo Senante Gómez Requena se volvió sin deseos de responder:

—Ya lo ven —presionó la carpeta de los documentos y urgió al guardia Longás—: Venga, tenemos que identificarlos.

Antonio Ramos Fernández, soltero, hijo de Antonio y de Casilda, tuvo que llevar dos testigos a la parroquia, para dar fe.

–No sé a qué viene tanto papeleo –comentó.

Allí mismo quedó escrita la fecha de la boda, el día y la hora.

–A las doce de la mañana.

–Sí, a las doce.

–Procuren ser puntuales, no se retrasen.

Antonio Ramos Fernández sonrió. Mercedes esperando luminosa, con el blanco radiante; Mercedes sonriendo también. Cerró los ojos. Gustosamente pagaría si pudiera adelantar el reloj unas horas y evitarse aquel momento de la puerta de la iglesia, con el mareo de los invitados y esa retahíla de frases y palabras siempre iguales, guardadas para tales ocasiones. Hubiera deseado dormir plácidamente y despertarse después de la ceremonia, sin vivas a los novios llenándolo todo.

Pisó el acelerador para aprovechar la recta. Carlos iba a su lado y le recomendó no corras, y Antonio sonrió nuevamente.

–Lo peor de esta época –señaló– es que la noche se echa encima demasiado pronto.

–Es verdad.

Salió de una curva para entrar en otra y el coche no obedeció, las manos de Antonio Ramos Fernández agarrotadas al volante, ¿qué pasa?, agarraos bien, no dijo más, no le dio tiempo. Sintió la sensación de que flotaba, tornándose etéreo, la respiración suspendida, ahogándose; después, un ruido ensordecedor, ¿qué pasa?, y el silencio total. Nada. Antonio Ramos Fernández, hijo de Antonio y de Casilda, despertó doliéndole la cabeza; se llevó las manos a la frente y notó que se le llenaban de un líquido caliente y viscoso. Luego se auscultó el pecho, hundido entre el volante y el respaldo del asiento, oprimido, sin poder salir de allí. Instintivamente, tanteó con su mano derecha el asiento ocupado por Carlos y también se le llenó de sangre.

–¡Carlos! –llamó–. ¡Carlos! ¿Estás bien?

Realizó un esfuerzo supremo por llegar igualmente al asiento trasero, que ocupaban Ramiro y Pedro; allí estaban, tan silenciosos como Carlos. Antonio sintió miedo. En ese momento tuvo plena conciencia del accidente y gritó desesperado:

–¡Carlos! ¡Ramiro! ¡Pedro!

Se le quebró la voz, Dios mío, ¿qué ha pasado?, Mercedes de blanco, esperándole, la boda es a las doce de la mañana, procuren ser puntuales, no se retrasen. Miró el reloj de oro con sus iniciales grabadas –por más que la oscuridad le robó la visión anhelada–, regalo de Mercedes, para que me recuerdes cada instante de tu vida. Mercedes radiante. Carlos a su lado. Tienes que acompañarme a la parroquia, como testigo, ya ves. Le tocó el brazo que colgaba exánime.

–Carlos, ¿me oyes?

Sollozó contra el volante, la respiración entrecortada, jadeando, doliéndole el pecho, sangrando por la cabeza. Carlos, Ramiro, Pedro. Gritó angustiosamente los tres nombres, sin obtener respuesta, y volvió a tocar los tres cuerpos calientes, esperanzado, ha sido una locura, tengo yo la culpa por celebrar la despedida de soltero en la montaña, uno necesita reencontrarse a sí mismo y la montaña te pone en comunicación directa con la naturaleza, la montaña es paz, sobre las cumbres amanece el mundo de distinta manera, desde Collarada se ve el Atlántico, no quiero que estéis muertos, Carlos, Ramiro, Pedro. Se llevó nuevamente las manos a la cabeza y notó la sangre más espesa. Pensó que dejaba de sangrar y se esforzó por salir de allí, aprisionado ante el volante y el respaldo del asiento. Todo estaba lleno de cristales. Intentó abrir la portezuela, sin conseguirlo. Hubiera podido ganar el exterior a través de la ventanilla o saltando por el parabrisas, pero no podía moverse de donde estaba, con el volante clavado materialmente en el pecho. La boda es a las doce, pensó, tendré que limpiarme la sangre; luego será cuestión de una cura en condiciones, bien vendado. De blanco. Mercedes sonriendo.

–Te dije que no corrieras.

Antonio se sintió mejor al escuchar aquella voz.

–Carlos, ¿estás bien?

–Las piernas.

–¿Qué te pasa en las piernas?

–No puedo sacarlas de entre la chapa y me sangra la cabeza.

–También a mí.

–¿Dónde hemos caído?

–No lo sé.

–Tenemos que averiguarlo.

Antonio respiró más tranquilo. Pronto volverían en sí Ramiro y Pedro, recuperándose igualmente.

–Calla ahora –recomendó a Carlos–, no te fatigues.

La noche era oscuridad y silencio; nada se distinguía en torno, ni siquiera una luz a lo lejos. ¿Dónde quedaba la carretera? Observó en todas las direcciones y no logró orientarse. Uno acaba acostumbrándose a la oscuridad, pero aquello era mucho más complejo. Aguzó el oído con la esperanza de escuchar el motor de algún automóvil y sólo percibió un extraño murmullo.

–Hemos caído al río –comunicó a Carlos.

–¿Qué dices?

–Oigo el murmullo de las aguas.

Antonio alargó uno de sus brazos penosamente hacia el asiento trasero y presionó con la mano las rodillas de Ramiro y de Pedro. Uno de ellos, no pudo discernir cuál, emitió un gemido hondo. A las doce de la mañana se celebraría la boda, tal como estaba previsto. A las doce en punto, no se retrasen. Esperó al último día para celebrar su despedida de soltero. Tiene que ser así, una despedida de verdad, dijo. Cuidado con la carretera, le recomendaron. No bebas. Apenas bebió, porque al día siguiente tenía una cita importante con Mercedes. Los demás se quedaron celebrándolo, aún seguirían brindando por su felicidad, y él emprendió viaje de regreso en compañía de sus amigos mejores. El primero que rompió el fuego fue Ramiro, casándose con Cecilia, compañera de la infancia. Crecieron juntos, siendo novios. Aquello sólo podía terminar en boda, no cabía otra salida. Fue la primera despedida de soltero.

–¿Puedes ayudarme? –pidió a Carlos.

–¿Qué quieres?

–Si lograra echar el asiento hacia atrás...

–Imposible –se lamentó Carlos–, siento el cuerpo inmovilizado.

–Necesito salir de aquí para buscar ayuda; desde donde nos encontramos resulta imposible, no pueden vernos.

–Espera a Ramiro y a Pedro, a ver si dan señales de vida.

–Sí, están vivos –vaticinó Antonio.

Se apoyó con fuerza en el volante y trató de empujar con la espalda hacia atrás, a ver si lograba separar el respaldo del asiento vencido hacia adelante. El dolor del pecho se acentuó y tuvo que desistir. Volvió a tantear el asiento trasero, las piernas de Ramiro y de Pedro, y llamó nuevamente, sin otra respuesta que un nuevo gemido.

–¡Ramiro! ¡Pedro! ¿Me escucháis?

Una voz débil y apagada respondió susurrante, apenas perceptible:

–Sí.

–¿Quién eres?

–Pedro –se oyó después de un breve silencio.

–¿Y Ramiro?

–Parece dormido. ¿Dónde estamos?

La misma pregunta siempre, con la voz de Pedro cambiando de tono. Sólo faltaba Ramiro, el único casado de los cuatro. Aún recordaba su boda, Cecilia inquieta, nerviosa de tanta felicidad, y apenas transcurrido un año el bautizo, qué manera de aprovechar el tiempo, una niña, Marta, que correteaba por la casa y hablaba con su media lengua. «No sabéis lo que supone sentirse padre», decía Ramiro, orgulloso. Nos esperan, tenemos que salir de aquí. Antonio Ramos Fernández, hijo de Antonio y de Casilda, se llenaba de recuerdos frescos, sin saber por qué, mientras la angustia y la desesperación hacían presa en él.

Llamó a Ramiro una vez más.

–No contesta –dijo Pedro con voz asustada.

–Pedro, ¿puedes moverte?

–Un poco, sólo el brazo izquierdo; estoy atrapado entre las chapas.

–Procura llegar a Ramiro.

–Ha caído del otro lado, junto a la portezuela.

–Inténtalo de todas formas.

–¿Y si está muerto? –aventuró Carlos.

–¡Cállate!

–Moriremos irremisiblemente.

–Ahora, no.

–Mis piernas ya están muertas, no las siento.

–Aguanta.

Pedro emitió varios gemidos más, sin duda debidos al esfuerzo de acercarse a Ramiro. Antonio contuvo la respiración, en espera de noticias. Carlos calló también. Con el silencio se percibían mejor los murmullos de las aguas. Fuera se distinguían los roquedales como sombras siniestras alzándose para enlazar con las cumbres. La montaña parecía anegada de paz, mientras la muerte rondaba al fondo. Antonio sintió un escalofrío. ¿Por qué no hablaba Pedro? Buscó los interruptores de los faros, si puedo dar las luces y hacer señales nos verán desde arriba; probó y la oscuridad siguió en su sitio, vestida de sombras. Nada funcionaba en el coche, ni el encendido, ni la radio. El golpe recibido debió de ser tremendo. Imaginó el precipicio, contemplado tantas veces durante el día, junto a Mercedes los fines de semana, cuando podamos nos construiremos una casa en la montaña; Mercedes sonriendo, lo que tú quieras. Radiante, de blanco. Tenía que llegar a tiempo, antes de las doce. No se le iba el dolor de la cabeza, ni tampoco el del pecho. Pulsó los resortes del asiento, por si los podía poner en acción, y sólo encontró hierros retorcidos.

–¿Crees que podremos salir de aquí? –preguntó Carlos.

–Saldremos.

Pedro exclamó:

–Ramiro vive aún. Respira.

–Todos estamos vivos, todos –la voz de Antonio sonó brillante–. Pronto recobrará el conocimiento.

–¿Para qué? –Carlos siguió escéptico.

–Entre los cuatro, alguno habrá que pueda salir en busca de ayuda.

–Nadie.

–La boda será mañana, a las doce.

–No pienses en ello.

–Mercedes me espera.

–Olvídate.

Forcejeó Antonio entre el asiento y el volante, soportando el dolor, y experimentó la sensación de que el respaldo cedía. Notó mayor holgura, aunque no la suficiente como para sentirse liberado. Se llevó las manos a la cabeza y comprobó que continuaba sangrando. Quiso recurrir a su pañuelo de bolsillo para contener la hemorragia, atándoselo fuerte, pero no lo encontró.

–Carlos –llamó.

–Qué.

–¿Tienes un pañuelo a mano?

–Sí.

–Dámelo.

Con el pañuelo de Carlos intentó taponarse las heridas de la cabeza, sin saber si acertaba o no, y luego reanudó su esfuerzo, abriéndose hueco entre el asiento y el volante, tengo que salir de aquí, los cuatro seguimos con vida, hay que ganarle la acción a la muerte. Mercedes ya expresó sus temores, aunque le satisfizo la idea, para qué una despedida de soltero tan lejos. «Allí te sentiré más cerca.» Antonio Ramos Fernández, hijo de Antonio y de Casilda, lo recordó en un instante. Carlos se la presentó; eran amigos. Nunca se preocupó de averiguar el origen de aquella amistad, cómo nació.

–Carlos –preguntó–, ¿cómo conociste a Mercedes?

–¿Qué interesa ahora eso?

–He pensado de pronto.

–Lo que importa es cómo la conociste tú.

–Era tu amiga.

–Sí.

–¿Qué más?

–Nada más.

Lo absurdo de los celos le asaltó en aquellos momentos. Mercedes sonriendo. ¿Burlándose acaso? Mercedes de blanco, radiante. Los invitados estrechando el cerco, vivan los novios, Dios mío, si valiera cerrar los ojos y despertarse en casa, y todo pasado ya. Continuó forcejeando, venciendo el profundo dolor que amenazaba con cortarle la respiración.

–Se ha movido –anunció Pedro–; sí, se ha movido.

–Háblale.

–¡Ramiro! ¿Me escuchas?

–¿Qué ha pasado?

La voz de Ramiro sonó ronca, sin fuerza, formulando preguntas sorprendentes, dada la situación, qué ha pasado, dónde nos encontramos. Antonio se lo explicó:

–Hemos sufrido un accidente, pero no te preocupes; pronto vendrán a recogernos. ¿Puedes valerte?

–No.

–¿Qué te duele?

–Todo.

–Prueba a mover los brazos.

–No los siento siquiera.

Ramiro suspiró profundamente, en tanto que Antonio reaccionaba animoso, tenemos que hacer algo, vencer el dolor intenso de la cabeza y el pecho, que le hacía respirar con dificultad, ganar la batalla a la adversidad. Presionó hacia atrás el respaldo del asiento, apoyándose en el volante con las manos. El asiento cedió algo, hay más hueco, se dijo, es cuestión de perseverar. El frío se colaba dentro, traspasaba de parte a parte la carrocería, sin cristales que lo contuvieran; las noches de la montaña son así, incluso en primavera. Ni siquiera se oía el rugir del motor de un coche, arriba, en la carretera. Solos abajo, en la sima del río, en tanto que Mercedes aguardaría nerviosa, ilusionada, en su última noche de soledad. ¿Qué soledad cabe sentir cuando uno se sabe acompañado en la distancia? Le sorprendió el silencio de Carlos, de Ramiro, de Pedro. Hablaban únicamente cuando él les preguntaba. ¿Qué hacían? ¿Qué pensaban? Presos allí, entre los hierros retorcidos del vehículo. Buscó a Carlos a su lado, tanteando, y sufrió un súbito sobresalto porque no lo encontró.

–¿Dónde estás, Carlos? ¿Dónde estás?

Alargó el brazo penosamente, hasta que dio con él, desplazado hacia la ventanilla, con casi medio cuerpo fuera.

–¿Cómo lo has conseguido, Carlos?

–Me ahogo, no puedo respirar.

Ramiro se rebulló al fondo:

–Es inútil –suspiró más que dijo–, vamos a morir.

–No.

Pedro corroboró aquel presentimiento fatídico:

–Nadie vendrá a buscarnos.

Carlos volvió a quejarse:

–Me ahogo.

–Aguanta, Carlos, aguanta –le animó Antonio–. He logrado abrir hueco entre el respaldo del asiento y el volante; un poco más y lo habré conseguido.

–¿Hasta dónde piensas llegar?

–Cecilia –musitó Ramiro, delirante–, Cecilia...

Antonio forcejeó de nuevo, atenazado como estaba.

–La boda no se demorará.

–Calla –dijo Carlos.

–Mercedes irá de blanco, aunque no ha querido enseñarme el vestido; hay quien asegura que da mala suerte.

–Mercedes... –repitió Carlos–. ¿Qué mas da?

–Tú me la presentaste, ¿recuerdas?

–Olvídalo.

–¿Cómo voy a olvidarlo?

–Es como todas.

Carlos tosió espasmódicamente; después, la tos quedó absorbida por un ronquido extraño que degeneró en estertor; finalmente sucedió el silencio.

–¡Carlos!

Antonio lo buscó con el brazo y le notó el cuerpo fláccido, desmayado, pero lleno de calor.

–Ha muerto –sentenció Ramiro.

–No, sólo es un desmayo –quiso convencerse Antonio.

Pedro gritó:

–¡Una luz! ¡He visto una luz!

–¿Dónde? –Antonio se repuso de inmediato, ilusionado.

–Ahí, en el suelo.

–¿Seguro?

–Sí, seguro.

–Los faros de algún coche reflejándose en las aguas –aclaró Antonio, sin entusiasmo–. Ayúdame, Pedro.

–Estoy atrapado, sólo puedo valerme del brazo izquierdo.

–¿Ramiro?

–No merece la pena.

Pedro admitió:

–Si Antonio consigue salir del coche, todo será distinto.

–¿Cuántas horas han transcurrido desde el accidente? –preguntó Ramiro.

–No lo sabemos –respondió Antonio.

–¿Funciona algún reloj?

–El mío, pero no distingo la esfera con tanta oscuridad.

Antonio registró la guantera del coche, abierta por efectos del golpe, y no dio con la linterna, que debió de salir despedida con todo lo demás.

–No encuentro la linterna –dijo–; nos serviría para hacer señales. ¿Dónde llevaba yo el mechero? ¿Podéis darme un mechero o cerillas?

–¿Cómo?

–No tenemos luz, ni fuego.

–Un cigarrillo vendría bien ahora –observó Ramiro.

Antonio apretó los dientes con fuerza, las manos crispadas sobre el volante, y sintió en el pecho unos pinchazos profundos, traspasándole de parte a parte. La cabeza, en cambio, le había dejado de sangrar. Comprobó que sólo tenía fuerza en los brazos y en las piernas y decidió valerse de ella al máximo.

Recordó las últimas palabras de Carlos en relación a Mercedes, cuando dijo es como todas. ¿Por qué? Mercedes de blanco, sonriendo, ya lo sabéis, a las doce en punto, no valen retrasos, Mercedes radiante.

El insoportable dolor físico se acentuaba con el recuerdo de tanta maledicencia, siempre igual, resulta difícil compartir la felicidad de los demás, molesta la dicha ajena. Mercedes eludió el tema, lo soslayó. ¿Para qué preocuparse de habladurías?

No supo qué le pasó al salir de aquella curva; las manos se le agarrotaron al volante, como si obedecieran a una extraña fuerza interior.

–Estás bebido.

–No, no lo estoy.

Todos sabían que no lo estaba.

Antonio pisó con rabia el acelerador.

–¿Qué haces?

Carlos intentó hacerse con el volante.

–Nada de locuras –gritó Ramiro, desde atrás.

–Mataos vosotros si queréis –acertó a balbucir Pedro.

El coche basculó, se fue de un lado a otro de la carretera, zigzagueando. Luego sucedió el silencio, vacío suspendido en el abismo, y la hecatombe final, el estruendo precursor de un nuevo silencio, ¿el definitivo?, algo como el rayo y el trueno, la tormenta y la calma.

La idea fue suya. Al principio se la reprocharon; después todos aceptaron encantados. Una despedida de soltero en la montaña tiene sus riesgos y también sus atractivos.

–Beberé lo justo –prometió Antonio–. No haré como los demás.

El sol se ocultaba entre los riscos, amarillo intenso, cuando dispusieron la merienda-cena. Por el novio, brindaron. Todos rieron alegres y divertidos, menos sus amigos mejores.

Ramiro y Pedro se le acercaron en un aparte.

–¿Qué queréis?

Se miraron entre sí, dudando, indecisos, demasiado serios para el momento. Pedro le dio unas palmadas cariñosas en el hombro. Ramiro sonrió de una manera forzada.

–Bien, hombre, bien.

–¿Eso es todo?

–Ahora ya no puedes echar marcha atrás –dijo Pedro.

–No, claro. ¿Por qué había de echarla?

–Así es que vas a ingresar en la cofradía –prosiguió Ramiro.

–¿Que cofradía?

–La de los casados.

Rieron los tres, pero Antonio perdió pronto la sonrisa. Intuyó que sus amigos querían decirle algo y les faltaba valor para revelar la verdad.

–¿Eres feliz? –le preguntó Ramiro.

–Completamente.

–Entonces, no hay más de qué hablar.

Le dejaron con esa duda tremenda, pero las bromas de otros amigos le hicieron olvidar el incidente. Carlos se mostraba huidizo, como si temiera con su presencia entorpecer el curso de la felicidad. Las palabras de felicitación se sucedían ininterrumpidamente, frases hechas conocidas de antemano, expresiones groseras algunas veces, que él aceptaba benévolo con una sonrisa. No podía concebir aquellos extraños formulismos sociales, la despedida de soltero, la boda, una esclavitud permanente sólo por respetar las costumbres tradicionales y observar las buenas formas de un mundo que llamaban civilizado. Trató de abstraerse y no le dejaron. Brindaba cada vez que se lo pedían, pero generalmente con la misma copa, sin agotarla en ningún momento, dosificando la fiesta en pequeños sorbos, pensando en Mercedes que le estaba esperando, Mercedes de blanco, procuren ser puntuales, no se retrasen. Ya era noche en la montaña, donde la oscuridad llega siempre de improviso, como una mutación escénica; el telón cae cuando el sol hace mutis definitivo tras el último monte. Alguna vez pensó en la posibilidad de perseguirlo de monte a monte, dando saltos gigantescos con botas de siete leguas, sin horizonte final, detrás de la luz que no muere ni se apaga, un sol permanente sobre el mundo.

Carlos pasó a su lado y sonrió enigmático –¿no te arrepentirás?, ¿te lo has pensado bien?–; algo flotaba en el ambiente que no le gustaba, a pesar de los brindis y de la alegría desbordante.

–Carlos, yo me voy.

–¿Tan pronto?

–Mañana es la boda. Quiero estar sereno para la ceremonia.

–Espera un poco, que reúna a Ramiro y a Pedro. Hemos subido juntos y juntos bajaremos. Ha sido lo pactado.

Carlos quiso alejarse y Antonio le agarró por el brazo:

–Carlos.

–¿Qué te pasa ahora?

–Ramiro y Pedro querían decirme algo y no se han atrevido.

–Aprensiones tuyas.

–¿Lo sabes tú?

–¿Qué había de saber?

–No lo sé.

Carlos se escurrió, sin que Antonio pudiera retenerlo por más tiempo. No acababa de comprender lo que sucedía.

Benjamín Alvira le tocó en el hombro. Iba ligeramente bebido y reía por cualquier cosa, bobaliconamente. Gritó viva san Cornelio, ya eres uno más de la cofradía, y Antonio Ramos Fernández, hijo de Antonio y de Casilda, se vio forzado a celebrar la gracia. Benjamín no tenía medida de la discreción; lo soltaba todo tal como le salía de dentro, sin reparar en las consecuencias.

–¿Te casas enamorado?

–Si no fuera así, no me casaría.

–Entre los cuatro, te ha tocado a ti.

–Ramiro se casó primero.

–Pero no con Mercedes.

–¿Qué quieres decir?

–Nada, nada.

Benjamín Alvira rió como tenía por costumbre y ya no dijo más. Palabras sueltas como las otras, de dudoso significado, con ocultas intenciones inconfesables. Hasta Carlos esquivó el compromiso con esta frase: «Aprensiones tuyas». Bien pudiera ser. Continuó sintiéndose incómodo, ausente de la reunión, por más que realizaba esfuerzos para aparentar alegre y normal, como requería el caso.

Su primer encuentro con Mercedes fue una tarde del mes de marzo, en compañía de Carlos.

–¿De veras no conocías a Mercedes? –le preguntó Carlos al hacer las presentaciones.

–No.

Sin embargo, fue como si la hubiera conocido de toda la vida. Sucede así a fuerza de soñar con un ideal, un modelo invariable; luego, al descubrirlo en la realidad, resulta familiar e íntimo, sin secretos posibles. Mercedes sonrió radiante. Mercedes de blanco. Salieron juntos y apenas si tuvieron palabras para ellos, porque se las habían dicho todas sin haberse hablado nunca. Pronto formalizaron sus relaciones, ¿había necesidad?, y fijaron la fecha de la boda.

–¿Tan pronto? –se extrañó Carlos.

–No es pronto, porque nos conocemos desde siempre.

Se dicen frases así cuando uno está enamorado. Antonio Ramos Fernández, hijo de Antonio y de Casilda, pensaba que el estado perfecto del hombre consiste en vivir enamorado. Los que carecen de capacidad para amar arrastran, sin saberlo, la peor de las enfermedades.

–Vamos –apremió–. Es tarde.

Las sombras fundieron las montañas y los valles. Ya no se distinguía Collarada. Tabla rasa con todo, merced a las manos ocultas y prodigiosas de la oscuridad. Sin abismos ni cumbres. Antonio pensó en la grandiosidad del paisaje envuelto en la noche. Más allá otro valle y otro monte, una sierra ondulándose por imperioso designio de la naturaleza, y en cada ondulación nacían un nuevo valle y un nuevo monte, Aragües del Puerto, el Cucuruzuelo y el llano de Lízara con su dolmen central y su cascada rumorosa al fondo cantando los secretos del Bisaurín, pico engarzado en las cumbres de nubes. Más arriba, otros valles y otros montes, y llanuras donde se concitaban los ibones espejeando con sus aguas heladas. Paisaje recorrido muchas veces con Mercedes a su lado, y ahora también en la intuición posible, en el juego de adivinar qué hay más allá de las sombras. Mercedes mirando el azul sin límites, repitiendo las palabras sabidas con las que se borraba todo lo demás, un ayer desaparecido, esfumado en sombras más espesas que la propia noche. Había un misterio en el pasado –siempre lo hay– y cuesta comprender, a veces, que la vida es hoy y mañana, jamás ayer. Antonio se mantuvo sereno a pesar de las reticencias de sus amigos, ajenos al paisaje y a la noche, brindando, emborrachándose con el pretexto de una fiesta de despedida de soltero.

–¿Qué piensas? –le preguntó Carlos–. Despídete de los demás. Nosotros ya estamos preparados.

En las cumbres lucía el sol más puro e intenso, a veces abrasaba, quemaba, y Mercedes decía parece que está lloviendo sol, y llovía ciertamente, llovía sol a raudales, y la lluvia de fuego bajaba al llano, desbordándose por las torrenteras.

–¿Vamos?

–Sí, vamos.

La despedida fue bulliciosa, con abrazos y apretones de mano y más brindis por el novio, por el amor, por la felicidad. Tuvo que sonreír de nuevo. Hasta llegó a emocionarse ligeramente. Aquellos eran sus amigos, los que tuvo siempre más cerca; en ocasiones ejercieron también de consejeros y confidentes. Sólo ahora callaban emborrachándose de dicha.

Sintió en la frente el aire fresco de la noche y notó alivio. Carlos, Ramiro y Pedro le siguieron.

–Lástima, en lo más animado de la fiesta –dijo Carlos.

–Puedes quedarte si lo deseas –replicó Antonio.

–No vamos a dejarte solo en el último instante.

–¿Qué más da?

Antonio perdió su mirada a lo lejos, clavada en la oscuridad de la noche, pretendiendo ver –más bien adivinar– el más allá de las sombras intensas. Una noche llena de rumores y sonidos extraños, porque la montaña hablaba un lenguaje especial. Fue una noche así, de cuarto menguante, cuando tuvo por vez primera a Mercedes en sus brazos.

–A ti no puedo engañarte –le dijo–. Tengo la obligación de ser sincera contigo, como nunca lo fui.

–Me basta con que lo seas queriéndome.

–Lo soy.

Carlos le sacó de su ensimismamiento:

–¿Qué miras?

–La noche.

–Es inútil; todo se ve igual.

–Depende.

Abrió las portezuelas del coche y tomó asiento ante el volante. Carlos lo hizo a su lado, en la parte delantera, y Ramiro y Pedro detrás.

–¿Estamos?

Todos asintieron y Antonio puso en marcha el motor, que rompió con sus rugidos el silencio sonoro de la noche. Arrancó bruscamente, sin saber por qué, y ganó la carretera tras un rápido viraje.

Carlos le recomendó:

–No corras.

Antonio, permaneció absorto y aceleró por toda respuesta, como queriendo decir ahora mando yo, soy dueño de la situación. Sin embargo, frenó a los pocos kilómetros de recorrido y detuvo el coche junto a un bar que alumbraba con sus luces la carretera.

–Tenemos que brindar los cuatro solos. ¿No os parece?

La propuesta fue aprobada por unanimidad y minutos después se hallaban sentados los cuatro en torno a una mesa, aparentemente relajados, tranquilos. Antonio pidió una botella de champán y brindaron con las copas en alto, por la amistad, entrechocándolas.

–Ya estamos los cuatro solos –dijo Antonio al acabar el brindis–, ya podemos hablar claro.

Se miraron sorprendidos Carlos, Ramiro y Pedro, sin acabar de comprender, y Antonio insistió:

–No valen tapujos.

–Tu dirás.

Carlos pronunció aquellas palabras encogiéndose de hombros, tú dirás, alegando ignorancia sobre las verdaderas intenciones de Antonio, demasiado serio ahora para celebrar su despedida de soltero. No sabía cómo empezar, pero necesitaba sacar de sus adentros las dudas que le atormentaban, asestándole duras dentelladas. Nada confunde más que la siembra de palabras equívocas. Por eso pidió claridad a sus amigos mejores.

–Me caso con Mercedes –las palabras de Antonio sonaron firmes en su intención y significado–, está decidido, no habrá marcha atrás, pase lo que pase. Quedan tan sólo unas horas para la boda y vosotros habéis querido decirme algo con frases y preguntas impropias del momento. Atreveos ahora, que os escucho. ¿Qué pasa con Mercedes?

–Parece mentira –salió al paso Ramiro–. Yo también tuve que soportar esas bromas cuando me casé; las mismas frases siempre, plagadas de lugares comunes.

–Todavía somos tus amigos –advirtió Pedro.

Carlos permaneció con la cabeza baja, sin decidirse a intervenir, como ausente, y Antonio reparó en esa actitud pasiva:

–¿Nada que alegar, Carlos?

–Ya te lo he dicho antes: aprensiones tuyas.

Bebieron otra copa, hasta agotar la botella, y se miraron en silencio, con caras de circunstancias. Fue entonces cuando Carlos pegó un puñetazo sobre la mesa, basta ya, estamos celebrando una despedida de soltero, no un funeral, y Ramiro y Pedro sonrieron al unísono diciendo tienes razón; tan sólo Antonio Ramos Fernández, hijo de Antonio y de Casilda, quedó ensimismado en sus pensamientos, dudando de su propia duda, que se le coló de rondón en los adentros, torturándole. El poder imaginativo posee más alcance que las palabras, llega más lejos y no siempre con fundamento. Oyó que Carlos pedía otra botella, vamos a celebrarlo solos, de verdad, con deseos de borrar los malos presagios que zumbaban en el aire.

Ramiro preguntó inopinadamente:

–¿Has llamado a Mercedes?

–No.

–Pues debes llamarla; estará intranquila. A mí me pasa con Cecilia.

–Todavía no estamos casados –se excusó Antonio.

–Con mayor motivo.

Antonio se levantó en busca del teléfono, todo normal, y llamó a Mercedes que le estaría esperando, Mercedes radiante, de blanco, y le dijo no te preocupes, ya estamos de regreso, pero hemos hecho un alto en el camino para celebrarlo a solas, con Carlos, Ramiro y Pedro, los cuatro juntos; puso especial énfasis en la frase y trató de ahuyentar los negros pensamientos, no está bien, pensó, en la víspera de mi boda, en plena celebración de la despedida de soltero, absurda costumbre a la que no pudo sustraerse, porque en los diferentes estados y fases de la vida no caben despedidas, ya que se trata de simples transiciones o cambios impuestos por la continuidad de la propia existencia.

Volvió junto a sus amigos, Carlos, Ramiro y Pedro.

–¿Todo bien?

–Sí, todo bien.

Siempre Carlos interesándose en primer lugar. Antonio sonrió ampliamente, sin prejuicios.

–El último brindis –propuso.

–Querrás decir por ahora.

–Claro.

Brindaron con el ritual acostumbrado, por el novio, por la amistad, los cuatro puestos de pie en torno a la mesa. Después pagaron y reanudaron viaje, Antonio al volante, con la mirada en el tramo de carretera que alumbraban los faros.

–Despacio, no tenemos prisa.

La misma recomendación por parte de Carlos, ¿quieres que te releve para que descanses?, y Antonio replicándole que no sentía cansancio, sino inquietud por llegar, deseos de que todo terminara cuanto antes.

–No corras –Carlos la tenía tomada con la velocidad.

La carretera se abría ante los faros, aparecía y desaparecía con cada curva, toda para ellos en la soledad de la noche, sin apenas circulación. Antonio apretó más el acelerador, desoyendo la recomendación insistente de Carlos, no corras, sin escuchar a Ramiro y a Pedro, ¿te has vuelto loco?, porque Antonio Ramos Fernández, hijo de Antonio y de Casilda, se hallaba poseído de la locura de la velocidad, y gritó más que dijo, con las manos agarrotadas en el volante y los dientes apretados con rabia:

–¿Queréis hablarme de Mercedes?

–Has perdido el juicio –clamó Carlos.

–No.

–Déjame conducir a mí.

Rechinaron las ruedas en la curva, como en las persecuciones de las películas.

–¿Qué pasa?

–Agarraos bien.

Fueron sus últimas palabras, su última recomendación antes de perder el control del vehículo y sentirse por unos instantes suspendido en el vacío, volando hacia el abismo desconocido.

Sucedió el silencio nuevamente, lleno de los extraños sonidos de la noche. Antonio Ramos Fernández, hijo de Antonio y de Casilda, tomó la desmayada muñeca de Carlos y le buscó el pulso que aún latía levemente.

–¡Carlos, despierta! No puedes quedarte así.

–Dale tiempo a que se reponga –dijo Pedro.

–Es tan sólo un desmayo.

Quería convencerse a sí mismo de que todos se encontraban a salvo, sin peligro de muerte, aunque con heridas de distinta consideración. Si les prestaban auxilio a tiempo no habría necesidad de retrasar la boda.

Agarró el volante fuertemente, presionando para desplazar

el asiento hacia atrás. Notaba mayor holgura que antes, aunque continuaba atrapado.

–Un poco más y lo conseguiré.

–No –susurró Carlos.

–Tenemos que probar de una manera o de otra. Pedro –llamó Antonio–, tira de mi asiento hacia ti.

–Tan sólo puedo mover un brazo.

–Utilízalo.

Pedro asió el asiento con la única mano que podía mover, la izquierda, y el respaldo cedió unos centímetros, sigue, Pedro, sigue, pero ya no hubo manera de ampliar el espacio. No obstante, Antonio sintió su pecho liberado, aunque lo notaba hundido y le dolía horriblemente, dificultándole la respiración; presionó con las manos la parte más dañada y sospechó que sufría fractura del esternón y posiblemente de algunas costillas. «Se arreglará con un vendaje en condiciones o con un corsé ortopédico», pronosticó, y prosiguió su lucha desesperada por abandonar aquella prisión de chapas y hierros retorcidos.

Las ranas croaban en una charca próxima, ajenas a todo, y arriba, en los roquedales, silbaban las aves nocturnas de mal agüero. El murmullo de las aguas del río no apagaba aquella sinfonía generada por la noche, con su jerga ininteligible.

Antonio quedó a la escucha, a quién llamar, a quién recurrir. Alcanzó a sacar la cabeza por la ventanilla y gritó con todas sus fuerzas. La voz retumbó en los acantilados y el eco resonó en la oscuridad. Sintió que se le acentuaba el dolor del pecho y trató de reponerse, inmóvil sobre el asiento. Después se dirigió a sus compañeros con voz pausada, ¿podéis oírme?, y todos le respondieron afirmativamente.

–Tú, Carlos, me presentaste a Mercedes. Era tu amiga. ¿Cómo la conociste?

–No me tortures más con la misma pregunta.

–¿Cómo la conociste?

–No tiene objeto hablar de Mercedes ahora –protestó Ramiro.

–¿Por qué no tiene objeto?

–Es agua pasada.

–¿Qué significa eso?

–No sigas, Antonio; ahora, no –se quejó Pedro enérgicamente.

–Ahora es el momento de la verdad, no podéis engañarme. Carlos, ¿por qué dijiste que era como todas? ¿A qué te referías?

–Fue una frase tan sólo.

–Los tres la conocísteis antes que yo y no queréis decirme en qué circunstancias. Ha llegado el momento de que confeséis vuestro juego.

–¿Qué juego?

Antonio Ramos Fernández presionó furioso el volante, y el asiento se desplazó hacia atrás lo suficiente como para poder moverse con libertad.

–¡Lo conseguí! –gritó jubiloso.

–¿Qué piensas hacer ahora? –inquirió Carlos.

–El pueblo debe de quedar ahí mismo, detrás de la curva, por eso no se ven las luces. De vosotros depende que vaya a pedir auxilio.

–¿De nosotros?

–De que os decidáis a hablar o no.

Ramiro emitió un alarido de dolor, sin duda al intentar incorporarse para replicar a Antonio:

–¿Cómo puedes ser tan cruel?

–Vamos a morir de todas formas –alegó Pedro–. Acabemos en paz, cuando menos.

–¿Quieres saber la verdad? –Carlos se expresó con insólita energía–. Un enamorado como tú ve luz donde hay oscuridad y oscuridad donde sólo hay luz. Cuando uno se enamora deja de ser una persona normal. ¿Lo sabías? La verdad es siempre como uno quiere y no como nos la presentan los demás.

–No es eso lo que quiero saber.

–No he concluido todavía –las palabras de Carlos sonaban cada vez más espaciadas, dificultosas–. Te inquieta el pasado de Mercedes. ¿Qué pasado? Tu mayor preocupación nace de ignorarlo precisamente. ¿De qué te servirá conocerlo? Con el pasado no se vive, ya te lo he dicho; únicamente con el presente y el futuro.

–No sigas –pidió Pedro–. Es bastante.

Antonio se revolvió en su asiento, probó a moverse a uno y otro lado y no encontró dificultad. Limpió de restos de cristales el parabrisas. Saldría por allí, deslizándose sobre el capó, dado que las portezuelas tenían las cerraduras trabadas, y ganar el exterior a través de las ventanillas suponía mayor riesgo y esfuerzo.

–¿Vas a buscar ayuda? –preguntó Carlos en un susurro apenas perceptible.

–Sí –tardó en responder Antonio.

–No hace falta; yo no voy a necesitarla.

Le asustó el tono de voz de Carlos, ese quedarse sin fuerzas, quebrándosele el susurro, trocándose en ronco estertor. Se acercó para buscarle el pulso y no se lo encontró; dolorosamente, acercó el oído al pecho de Carlos y no escuchó los latidos de su corazón.

–Ha muerto –dijo.

Ramiro y Pedro permanecieron en silencio. Ni un comentario, ni una simple frase, ni una sola palabra.

Antonio se dejó caer en el asiento, los brazos en el suelo. Jamás había tenido la muerte tan cerca, compañera de viaje. Se abandonó al dolor por unos instantes. Sangraba nuevamente por la cabeza y se colocó el pañuelo de forma que le contuviera la sangre. Después se volvió al asiento trasero y llamó Ramiro, y llamó Pedro, ¿estáis ahí?, y Ramiro y Pedro le respondieron también susurrantes, sin fuerzas, ha muerto, repitió Antonio.

–Sí, ha muerto –repitió Pedro.

–Sí, ha muerto –repitió Ramiro.

–¿Qué hacemos?

–Nada, sino esperar la muerte también.

Antonio probó a incorporarse y le resultó imposible, por más que las piernas no le fallaban; sintió que algo se le había quebrado, roto, de cintura para arriba. El dolor le traspasaba de parte a parte, con pinchazos profundos, y a pesar de ello intentó encaramarse sobre el salpicadero a fin de pasar su cuerpo por el hueco del parabrisas. Se llevó las manos al vientre, cálidamente húmedo, y dedujo que lo tenía bañado de sangre, ¿de dónde?, y trató de localizar la herida que le manaba muerte.

–Traeré ayuda, ya lo veréis –dijo con la mayor firmeza posible.

–No salgas –pidió Pedro.

–Ramiro, aguanta.

–Llama a Cecilia –balbuceó Ramiro–; quiero verla por última vez.

Antonio recorrió con las manos la parte del capó más próxima al parabrisas y se aseguró de que ya no quedaban cristales a su alcance. Una vez arriba, haría lo propio con el resto de la superficie. Tenía que abrirse paso en la oscuridad para llegar al pueblo, que adivinaba próximo, al doblar la última curva, en la revuelta del río. Se colocó de costado, apoyando las manos sobre el salpicadero; era la postura que mejor podía soportar. Afianzó bien las piernas y luego las subió sobre el asiento, primero una, suavemente, luego la otra, colgando el peso del cuerpo en las manos y en los brazos. Sólo le restaba dejarse caer sobre el capó, inclinado hacia Carlos como estaba, oliendo la muerte. Aún llegó a rozarle la cabeza caída sobre el pecho, le tocó la frente y descubrió que la tenía helada, lo mismo que un témpano, cómo es posible, tan pronto, se preguntó, y sin pensarlo más impulsó su cuerpo al exterior, quedando tendido sobre la chapa del motor, con parte de las piernas descansando todavía dentro, sobre el volante. Apretó los dientes y crispó los puños, aguantándose el dolor, y fue entonces cuando Ramiro le llamó, Antonio, no te vayas, ¿vas a dejarnos morir solos?, hablaré, no me moriré con este peso de conciencia, pero Antonio no pudo responderle, jadeante, tumbado sobre el capó. Ramiro rogó sin aliento apenas, con voz opaca, no te vayas, no puedes abandonarnos ahora, te revelaré la verdad, y Pedro le cortó enérgico, calla, no digas tonterías, porque de nada servían las palabras.

–Antonio, ¿dónde estás?

–Iré a buscar ayuda. Encontraré el pueblo.

Ramiro llamó a Cecilia con palabras entrecortadas. No se le entendía. Luego suspiró profundamente varias veces y ya no dijo más, nuevamente el silencio absoluto.

Pedro comunicó angustiado:

–Está muriéndose.

El ruido del cuerpo de Antonio al caer desde el capó al lecho del río, a la rambla, apagó las palabras de Pedro. Antonio gritó su dolor, prolongado después en gemidos sucesivos. No escuchó la voz de Pedro anunciándole la muerte de Ramiro.

Sentía náuseas y todo parecía indicar que iba a sufrir un desmayo. Se sobrepuso al cabo de varios minutos. Levantó perezosamente la cabeza y distinguió las aguas del río, tendiendo una suave cinta de claridad en la noche; por ella se guiaría, hasta dar con el pueblo próximo. Probó a incorporarse y no pudo, por más que le seguían respondiendo los brazos y las piernas.

¿De qué sirven las extremidades cuando falla el tronco? Se arrastró unos centímetros arañando en las piedras con las uñas e impulsando el cuerpo con los pies. Tendría que desplazarse así, como un invertebrado, para llegar donde se proponía. Quizás le convenía reposar un poco, para recuperarse, y permaneció tendido e inmóvil, fuera del coche, libre ya, fundido en la propia oscuridad de la noche. Cerró los ojos y los abrió poco después, con el propósito de habituarse mejor a la oscuridad envolvente. Aprendió a distinguir la intensidad de las sombras y así adivinó dónde empezaba el abismo y dónde terminaba; incluso pudo ver el coche a su lado, silueteado en sombra de distinta tonalidad. Ya no necesitaba cerrar los ojos para establecer los límites entre la imaginación y la realidad. Se abandonó a sí mismo en su afán de recuperar las fuerzas que necesitaba y se encontró flotando, elevándose insensiblemente al encuentro de las nubes, volando los espacios. Un solo fallo en su mecanismo vital hubiera determinado el fin, desintegrándose en el aire como un pájaro roto. Remontó el majestuoso círculo de las águilas, contempló de cerca el lento planear de los quebrantahuesos y siguió su extraña ruta sideral. Descubrió una multitud de enanos barrigones confeccionando sus barbas con recortes de nubes. Rieron escandalosamente al descubrir su presencia, para desaparecer al instante con sólo dar una palmada. Antonio se sintió etéreo, impulsado a la nada, con la fuerza de la gravedad actuando al revés. Quiso descender a tierra, agitando los brazos y las piernas, y no pudo; volaba a merced de los vientos, propulsado por las corrientes térmicas, ¿hacia dónde?, cada vez más alto, perdiendo de vista la oscura corteza terrestre, elevándose como atraído por un poderoso imán. Ya no se apreciaban relieves abajo, ni siquiera siluetas; tan sólo una franja gris y violeta en la inmensidad de blanco y azul. Se dejó llevar lánguidamente, experimentando un placer nuevo, triunfo definitivo del espíritu sobre la materia. De pronto abrió los ojos y se le llenaron de claridad; los cerró asustado para abrirlos después lentamente, poco a poco, y contempló la inmensa mole del Collarada ante sí, arrancando de las mismas aguas del río, y el valle iluminado por la primera luz del alba, la realidad delante de sus ojos, bella y trágica.

Miró el reloj, regalo de Mercedes, y comprobó que las saetas señalaban las siete y cuarto. ¿Cuánto tiempo había permanecido inconsciente? Tiritaba de frío. Se vio bañado de sangre y volvió a sentir náuseas. El coche quedaba a un par de metros de distancia, desvencijado, con sus amigos dentro, Carlos, Ramiro, Pedro, ¿muertos los tres? Carlos dejó de existir durante la noche, ¿a qué hora?, viajaba a su lado y lo sintió morir, en tanto que Ramiro y Pedro libraban la cruenta batalla por la supervivencia. Cuando resbaló y cayó sobre las piedras del río escuchó la voz de Pedro, angustiada, ¿qué le diría? Se arrastró sobre las piedras para desentumecer sus músculos ateridos de frío, y otra vez le volvió el dolor insoportable. Llamó a Pedro y no obtuvo respuesta. Insistió, pero no podía elevar el tono de su voz a causa del profundo dolor que le producía forzar así sus pulmones, Pedro, ¿me oyes?, y una mano asomó por la ventanilla moviéndose lánguida y desmayada. Antonio respiró aliviado, vive, y a continuación preguntó por Ramiro, pero la mano de Pedro no volvió a moverse, colgando exánime. Llamó nuevamente, exhausto, y desistió para no gastar energías inútilmente. Era preferible emplear sus escasas fuerzas en arrastrarse sobre las piedras, reptando, hasta encontrar el destino que buscaba. Villanúa quedaba tan sólo a unos centenares de metros, con sus casas al pie de la ladera, enlazando con el llano, casi a nivel del río. Bajo la montaña, en las entrañas de la tierra, habitaba un mundo sorprendente de estalactitas y estalagmitas, las grutas más asombrosas y monumentales del Pirineo. Se arrastró en dirección a la revuelta del río y tardó media hora, aproximadamente, en recorrer tres o cuatro metros. No podía desplazarse más deprisa por culpa del dolor. Las manos se le crispaban sobre las piedras, impotentes para más. Contempló las cumbres iluminadas por los primeros rayos del sol, con aureola de contraluces. El día iniciaba su andadura despertando a su paso la naturaleza dormida, por más que en la noche bulle y se agita otra vida singular. Para muchos seres, la oscuridad es tan sólo una ilusión óptica. Antonio ganó unos centímetros más en su lento recorrido. La imagen de Mercedes le era devuelta nítidamente con la luz del nuevo día, Mercedes radiante, de blanco, dispuesta para la ceremonia nupcial, a las doce de la mañana, procuren ser puntuales, no se retrasen, un camino solemne hacia la felicidad.

La cabeza le pesaba como el plomo, todo le daba vueltas en derredor y cerró los ojos para detener aquel loco girar y restablecer el equilibrio bruscamente alterado, sentar la serenidad en torno. Divisaba el coche demasiado próximo todavía, con la mano de Pedro colgando por una de las ventanillas, la del asiento trasero izquierdo. Continuó viendo la mano con los ojos cerrados, estoy aquí, no te vayas, y Antonio comprendió la necesidad imperiosa, inaplazable, de aquel esfuerzo sobrehumano, reptando por las piedras del río, dejando un reguero de sangre tras sí, porque las heridas comenzaron a sangrarle de nuevo debido al movimiento del cuerpo en su empeño tenaz de alejarse de la muerte unos centímetros más, un metro, dos metros, con la revuelta del río al alcance de la vista y el puente detrás, uniendo ambas orillas del cauce. Le bastaría con poder llegar hasta allí, bajo el puente, donde su presencia sería advertida de inmediato. Con los ojos cerrados contempló el paisaje sabido, grabado en la memoria tantas veces. Escuchó el murmullo de las aguas que relataban míticas historias deslizándose reidoras por el cauce pedregoso; un rumor preñado de sonidos misteriosos que semejaban voces humanas. Si el río pudiera transmitir su mensaje... Las aguas, en su plácido discurrir, viajaban más rápidas que él. Abrió los ojos para mirar la hora en el reloj regalo de Mercedes, las nueve menos cinco, no podía esperar más e impulsó su cuerpo con las piernas, las puntas de los pies clavadas entre las piedras y la arena. Avanzó varios metros así, espoleado por el recuerdo de la boda.

Mercedes se habría levantado, con las últimas palabras suyas –de Antonio– resonándole en los oídos, estamos los cuatro juntos, celebrándolo, de regreso ya, sin pensar que regresaba dejando tras sí la vida entera, un rastro de sangre por el que se le escapaba la luz, amenazándole con la noche de nuevo.

Le atraía la montaña sin saber por qué. Gustaba de contemplar el vuelo de las aves, escuchar sus trinos y gorjeos, observar la acción de la brisa agitando las hojas de los árboles, escuchar el lenguaje rumoroso de las aguas cuando se deshacían en blanca espuma despeñándose por las cascadas. La montaña ofrece una perspectiva distinta del mundo; se agranda el paisaje y los horizontes se ondulan encrespándose en las cumbres. En la paz y serenidad de las cumbres uno experimenta la sensación de asistir al insólito espectáculo del Génesis, participando del primer día de la creación.

Antonio Ramos Fernández, hijo de Antonio y de Casilda, siguió con los ojos cerrados, dejándose morir mientras soñaba con la vida.

–Nos casaremos en la montaña.

Lo sometieron a discusión entre las respectivas familias y al final se decidieron por la ciudad, es muy complejo organizar la boda tan lejos y hay que pensar en los invitados, porque una boda es una fiesta que se organiza para los demás, con los novios de protagonistas. Antonio hubiera deseado casarse en la cabecera del reino, en Jaca o en San Juan de la Peña, o en la ermita de Santa Orosia de Yebra de Basa, subiendo el puerto, pecho arriba, con los danzantes abriendo marcha al compás del chicotén, contrapunteando la briosa melodía ancestral de la gaita forrada con piel de serpiente. Recientemente asistió con Mercedes a la boda de unos amigos, Sergio y Encarnación, en la iglesia gótica de Sinués, en pleno valle de Aísa, sobre la ribera del Estarrún, buscando las nubes engarzadas en las cumbres blancas de nieve, a espaldas de Candanchú. Recordaba la ceremonia grandiosa y sencilla a la par, sin otra música que las canciones de Agustín Miguel acompañando la ceremonia religiosa, y las aves revoloteando entre las ramas de los árboles de la plaza, asustadas por el tañido de las campanas, lenguas de bronce anunciando la felicidad por todo el valle.

–Mercedes, así desearía que fuese nuestra boda.

–A mí también.

Sin embargo, decidieron las familias; ya estarían a vueltas con los preparativos, Mercedes radiante, de blanco.

A las nueve en punto de la mañana, Antonio pensó con desesperación que debía encontrar alguien a quien pedir auxilio, que llamen para que aplacen la boda, y se arrastró insensible al dolor, con el supremo esfuerzo de la impotencia. El sol envolvía cálidamente el paisaje; sacaba reflejos de las aguas y también del coche desvencijado, al quebrarse los rayos sobre la superficie brillante. La mano de Pedro asomaba inmóvil, caída por la ventanilla. Antonio aún tuvo energías para llamar, Pedro, Pedro, Pedro, pero la voz se le ahogó al salir, rompiéndose, y no encontró eco en el interior del vehículo. Cambió de postura, porque sufría menos arrastrándose de costado, y se fue desplazando así lentamente –el impulso de los pies y las manos le resultaba más difícil–, mirando con ansiedad la revuelta del río, todavía lejos para él, con Villanúa al otro lado enseñoreándose del valle del Aragón.

–Tienes que decirme la verdad, Carlos.

–¿Qué verdad?

–La que me estás ocultando.

Nuevamente le asaltaron las dudas, a medida que se acortaba el tiempo para la boda. Hablaba solo, inventándose el diálogo para sentirse más acompañado.

Carlos le repetía siempre las mismas palabras:

–No se vive del pasado, sino del presente y el futuro.

¿Habría que creer en la teoría de la relatividad, en que el tiempo es uno solo y se prolonga o reduce, avanza o retrocede, según las circunstancias?

–Tú me la presentaste.

–Después se quedó contigo.

–¿Cómo se explica que también la conocieran Ramiro y Pedro?

–Nada tiene de particular.

Ramiro esquivó todo compromiso:

–Soy un hombre casado, vivo feliz con Cecilia y mi hija, nada más necesito.

–¿De qué conoces a Mercedes?

–No soy el único.

Tampoco quiso hablar Pedro, una conjura de silencio envolvía a los tres, Carlos, Ramiro, Pedro.

–Hay casos en los que no se puede aconsejar –se defendió Pedro.

Mercedes quiso hablarle y él no la dejó:

–Tengo la obligación de ser sincera contigo, debes saberlo todo.

Y él, Antonio, quiso saber únicamente de su amor sin límites, porque pensaba en que todos los seres vuelven a nacer cada día, con independencia de ese otro nacimiento accidental y fisiológico. Efectivamente, todo era demasiado relativo, incluso la vida y la muerte. El amor condiciona la existencia.

Sus manos se agarraron como garfios a las piedras del río y luego presionó con los pies a fin de impulsar su cuerpo hacia adelante. No le importaba ya la sangre, que se le escapaba a borbotones por las heridas; tampoco le importaba el dolor, tan hondo que dejó de sentirlo. Miró a la revuelta del río y le sorprendió que otra vez fuera noche, sin más luz que Mercedes esperándole, Mercedes radiante, de blanco.

–Antonio Ramos Fernández, de veintisiete años, soltero, hijo de Antonio y de Casilda –releyó el cabo Senante Gómez Requena.

–¿Qué hacemos? –preguntó el guardia Longás.

–Déjalo donde está.

–¿Aquí mismo?

–Sí. No podemos tocarlo hasta que venga el juez.

Pura rutina impuesta por el cumplimiento del deber, aunque en el fondo participaran como todos del espanto de aquella tragedia.

El cuerpo se encontraba tendido entre las piedras, con las manos engarfiadas en ellas y los ojos vidriosos, mirando en dirección a la revuelta del río, la cabeza y el vientre ensangrentados.

–Se reventó del golpe –dictaminó por su cuenta el guardia Longás.

En el pueblo se enteraron por los mismos pescadores que acudieron a dar la alarma, los cuales desistieron ya de su día de pesca, impresionados por el desagradable espectáculo que les tocó presenciar.

–¿Cómo fue?

–Se despeñó el coche.

–¿Muertos los cuatro?

Luis Gazulla –uno de los pescadores– se creyó en el deber de dar detalles:

–Pienso que sí, porque estaban inmóviles y no respondieron a nuestras llamadas.

Luis Gazulla se levantó a las cinco de la mañana y después recogió a sus compañeros Enrique Aladrén y Domingo Latorre. Antes de las seis estaban ya camino de los Pirineos, donde llegaron alrededor de las ocho. A Luis no le gustaba correr, porque sabía, como buen pescador, que la prisa no es buena y que la virtud reside en la paciencia. Los tres dedicaban los domingos a la práctica de su deporte favorito, y aquel día decidieron probar suerte en el río Aragón, esquilmado de suyo, entre Villanúa y Canfranc. Empezaron en el puente, distribuyéndose estratégicamente los puestos, y fue al vencer la revuelta cuando descubrieron el accidente.

–¡Vaya hostia!

Domingo Latorre no pudo evitar esa exclamación espontánea.

Luis Gazulla contempló el vehículo siniestrado, deshecho a puro de golpes tremendos.

–Ha quedado para la chatarra –comentó–. No les arriendo las ganancias a los que viajaran en él.

–Vamos a ver –propuso Enrique Aladrén.

Cruzaron las aguas para dirigirse al lugar donde se encontraba el coche y coligieron, lógicamente, que no se trataba de un accidente acaecido en las últimas horas, porque de lo contrario se hubieran enterado en el pueblo. Caminaban mirando el vehículo, cuando Enrique Aladrén avisó a sus compañeros:

–¡Cuidado! Ahí tenemos uno.

–¿Dónde? –inquirió Luis Gazulla.

–Por poco lo pisas.

Contemplaron horrorizados el cadáver de un hombre joven tendido sobre las piedras, entre un charco de sangre, las manos engarfiadas y su mirada vidriosa clavada en la revuelta del río.

–Ha muerto hace poco, a juzgar por su apariencia –dijo Enrique Aladrén.

Sonaban las diez de la mañana en el reloj de la iglesia parroquial de Villanúa cuando los tres pescadores contemplaron acongojados el interior del vehículo. En el asiento delantero derecho yacía un hombre con el cuerpo vencido hacia la ventanilla, por la que asomaba su cabeza ensangrentada, la boca entreabierta; en el asiento trasero, dos hombres más, el uno aprisionado entre hierros y chapas y el otro con la cabeza sobre el pecho y la mano colgando por la ventanilla. Apenas pudieron distinguir sus facciones, porque tenían los rostros bañados de sangre.

–¡Eh! –gritó Domingo Latorre–. ¿Podéis escucharme?

–No te esfuerces –señaló Luis Gazulla–; están muertos.

Regresaron presurosos al pueblo para dar parte a la Guardia Civil; parecía inexplicable que hubiera cuatro hombres muertos en el río, a las diez de la mañana, y todos permanecieran tan tranquilos.

–Ya hemos echado el día –dijo Domingo Latorre.

–Desde luego –secundó Luis Gazulla.

Recogieron sus pertrechos de pesca y entraron en el bar Paco para reponer energías y borrarse la mala impresión que acababan de recibir.

Mosén Hilario, el cura, se persignó varias veces, Dios mío, Virgen Santísima, acógelos en tu seno, y pensó que debía acudir inmediatamente al río para prestar los últimos auxilios a aquellos infortunados.

–Venga, no hay tiempo que perder.

–Padre, no corra –le espetó Domingo Latorre–, porque ya no hay remedio.

–Todavía puedo recomendarles el alma.

–Me temo que ya no esté con ellos.

Rosario Fanlo Suelves, alias la Loba, iba de un lado para otro hablando sola, qué desgracia, cuando se enteren sus familias. El alias le venía por los prontos que la asaltaban de vez en cuando, pues en lo demás era como el pan bendito, con un corazón que se le salía del pecho –generoso por demás– y se le ablandaba por cualquier cosa. Aquella mañana no era como todas, aunque el sol luciera con la misma fuerza y arriba, en la cumbre de Collarada, la nieve despidiera destellos metálicos a fuerza de querer ser refractaria a la luz. Rosario *la Loba* lloró la tragedia y se metió en casa compungida, al tiempo que mosén Hilario partía calle adelante escoltado por dos monaguillos portando los santos óleos.

Era una procesión de gente en dirección al río, hombres, mujeres, niños, ancianos, atraídos todos por el singular espectáculo de la muerte. Dentro de cada ser hay algo morboso que le impele a lo desagradable. Cualquiera habría pensado, al contemplar aquel movimiento de la población, que festejaban un día de fiesta y de romería. La verdad es que se festejan todos los momentos cumbres de la existencia, como son nacer y morir. La comitiva era bulliciosa, porque cada cuál echaba su cuarto a espaldas sobre los detalles del accidente.

–Cayó a la altura del Coll de Ladrones –apostilló uno.

–¿Cómo puede ser desde allí? El coche está cerca del pueblo, tras la revuelta del río –replicaba otro–, donde el abismo es más profundo.

Tampoco faltaba el que se las daba de entendido y trataba de buscar justificación al hecho:

–Se rompieron los frenos al tomar la curva y entonces enderezó por el terraplén.

El tío Justino *el Borau* –le llamaban así porque en realidad había nacido en Borau y no en Villanúa– no cesaba de preguntar:

–¿Sabéis de qué familias son?

Una vez admitido el hecho irreversible de la muerte, se pensaba en las familias de las víctimas de manera fundamental. Los muertos importaban menos, porque nada ya se podía hacer por ellos, salvo darles tierra, que el polvo vuelva al polvo.

Ya en el río, bajo el puente, el paisaje se estrechaba a la contemplación, comprimido entre roquedales, cual si se tratara de los firmes cimientos creados por la naturaleza para sostener las montañas. Por allí siguió la comitiva, sorteando la corriente unas veces y vadeándola otras. Todos en busca de la muerte yaciendo sobre el río, preguntándose el porqué de tanto tributo de sangre en las carreteras. Sangre joven vertida en holocausto de no se sabía qué, puesto que los pescadores habían dicho –eso estaba claro– que los cuatro parecían jóvenes, aunque no pudieron apreciar bien sus rostros porque los llevaban bañados de sangre. Hasta doña Crisanda, que era ciega, quiso bajar al río, porque si bien no podía ver el accidente se orientaba por las voces y comentarios y luego se hacía su propia composición de lugar mucho mejor que escuchando el relato completo de los hechos.

Habían llegado más números de la Guardia Civil y el cabo Senante Gómez Requena tuvo que poner orden, manténgalos alejados del lugar de autos, en tanto que la gente se arremolinaba en torno al coche siniestrado, ataúd improvisado de tres cuerpos jóvenes.

–Uno tiene la mano fuera.

–Y otro, la cabeza.

–¡Mirad!

Todas las miradas se volvieron en la dirección señalada para contemplar el cuerpo ensangrentado que yacía sobre las piedras del río, las manos engarfiadas y los ojos vidriosos.

–Se ve que salió con vida todavía, pero murió por el camino.

–Atrás, atrás todos.

Mosén Hilario se abrió paso entre la gente, seguido de sus dos monaguillos portando los santos óleos.

–¿Qué desea, padre? –preguntó el cabo Senante Gómez Requena.

–Administrar los últimos auxilios.

–Ya no los necesitan.

–Encomendaré sus almas a Dios.

–Allá usted.

Mosén Hilario se fue en primer lugar al coche, rezó ante la ventanilla delantera –a la derecha de la carrocería–, los monaguillos dijeron amén, el cura humedeció su pulgar en los santos óleos y trazó una cruz sobre la frente de aquella cabeza que asomaba al exterior. Continuó con la ventanilla trasera del mismo lado, amén, y no tuvo tanta suerte, porque se vio precisado a introducir por ella todo el brazo para trazar la consabida cruz sobre la frente del difunto. Dio la vuelta para alcanzar la ventanilla opuesta, la mano fuera, colgando, y repitió el ritual, amén, sin atreverse a mirar. Finalmente encaminó sus pasos hacia el cuerpo tendido sobre las piedras del río, a unos veinte metros del coche, y mosén Hilario cerró los ojos vidriosos del muerto, clavados en la revuelta, mirando sin ver, y le dio la noche eterna para siempre, amén.

Segunda parte

Ramiro Álvarez Mesa, hijo de Tomás y de Virginia, veintiocho años, casado.

El cabo Senante Gómez Requena apremió al guardia Longás, faltan los del coche, identifíquelos, hay que tenerlo todo en orden para cuando llegue el teniente, y el guardia Longás remoloneando en torno al vehículo, sin decidirse, mirando de reojo los cuerpos que yacían en el interior, nunca le había pasado, con tantos accidentes como llevaba a sus espaldas.

–Parecen muy jóvenes –dijo.

–Eso explica mejor lo sucedido.

El guardia Longás dio una vuelta completa al vehículo –más bien a lo que había quedado de él–, sin saber por dónde empezar, en tanto que el cabo Senante Gómez Requena insistía, venga, no hay tiempo que perder, pero el guardia Longás no encontraba la manera de iniciar su tarea, con aquella cabeza asomada por la ventanilla –la boca entreabierta– y aquella mano colgando, así es que se arriesgó por la ventanilla trasera de la derecha, que lo tenía más fácil, e introdujo la cabeza y parte del cuerpo y se puso a registrar entre las ropas del difunto, hasta que dio con lo que buscaba. Abrió la cartera del muerto mientras se dirigía al cabo Senante y antes que nada se encontró con la sonrisa de una niña de dos o tres años de edad mirándole desde la profundidad de sus ojos azules. Junto a la fotografía vio el documento de identidad, lo sacó maquinalmente y leyó:

–Ramiro Álvarez Mesa, veintiocho años, hijo de Tomás y de Virginia, casado.

–¡Vaya por Dios! Esto es peor.

–Además, padre de una hija, por lo que veo.

El guardia Longás mostró la fotografía al cabo Senante, y la sonrisa de aquella niña sirvió, paradójicamente, para acentuar la tristeza de aquellos dos hombres.

–Ramiro Álvarez Mesa, hijo de Tomás y de Virginia –anotó el cabo.

–Por la postura en que murió, da la sensación de que sufrió menos que los otros.

–Cualquiera sabe.

Empezaban a llegar los del pueblo, aunque en escaso número todavía. El cabo Senante Gómez Requena confió en recibir refuerzos –más guardias– para acordonar el lugar del accidente, en tanto que se cumplía con los requisitos legales. La curiosidad morbosa de la gente resultaba inevitable en estos casos y ello dificultaba los trámites iniciales. Por eso el cabo Senante tenía especial interés en concluir las primeras diligencias.

Mediada la mañana, el sol anegaba el valle; rompía en claridad total, siguiendo el proceso de todos los días. Las aguas, de plata y oro –verdes en los remansos–, corrían como de costumbre a contar sus historias al llano, entre risas y murmullos. Dormía la noche con su silencio sonoro, en un cambio de papeles cuidadosamente programado, riguroso turno del dormir y el despertar establecido entre la luz y la sombra. Lo blanco y lo negro. Contrastes imprescindibles de cada ciclo vital. La tierra había sacudido su sueño y la vida bullía en cada espacio, en los árboles, en los prados, en las aguas, en el humo que formaba penachos sobre las chimeneas de las casas.

–Hermoso día –comentó el cabo Senante–, si no fuera por lo que es.

–Sí –asintió el guardia Longás.

El cabo Senante Gómez Requena no podía apartar de sí aquel pensamiento: el accidente sólo fue la causa precursora de la muerte, el motivo, pero no determinante, porque aquellos hombres habían quedado con vida y murieron por falta de auxilio. Cuando la ayuda no llega oportunamente, el fatalismo se adueña de la situación; se escapa la vida por las heridas abiertas, aunque éstas no sean necesariamente mortales.

El coche había dado varias vueltas de campana, rebotando contra las rocas del abismo –del precipicio– para luego quedar en su posición normal sobre la ribera pedregosa del río. Como quiera que los vehículos pesan más en su parte inferior, sucedía así las más de las veces; en caídas de menor impulso, también era frecuente que terminaran con las ruedas boca arriba, nunca de costado.

–Lo extraño es que no se haya partido en pedazos –dijo el cabo.

–¿Más destrozado aún?

–Compruebe la altura de la que ha caído.

El guardia Longás echó una mirada a los roquedales que parecían servir de base a la falda de la montaña; la carretera no se divisaba desde aquel lugar, más bien se adivinaba a través de una pequeña muesca practicada en la tierra.

–No me explico cómo han podido llegar con vida hasta aquí.

–Pues, ya lo ve –ratificó el cabo–; podemos estar seguros por lo que respecta a uno de ellos.

–El forense nos sacará de dudas.

–Sí.

Con la carpeta abierta entre las manos, el cabo Senante Gómez Requena repitió el nombre de Ramiro Álvarez Mesa, hijo de Tomás y de Virginia, casado; revisó la cartera del muerto y apareció la sonrisa rosa y azul de la niña que miraba hondamente a los ojos, sin duda porque al hacerle la fotografía le dijeron que no fijara la vista del objetivo de la cámara, aquí, mira al pajarito, y de esa forma logró multiplicar su sonrisa para dedicarla a todos y a cada uno en particular. Repasó los restantes papeles de la cartera, por si había más testimonios gráficos, y vio a Ramiro Álvarez Mesa, hijo de Tomás y de Virginia, en compañía de una mujer joven y hermosa, con aquella niña en brazos. «No hay duda, es su hija.» El cabo Senante se entristeció al pensar que la sonrisa de la niña podría apagarse al recibir la noticia del accidente, porque ésa era otra, avisar a los familiares, lo haremos cuando estén los cuatro plenamente identificados, una vez que venga el teniente. Pese a que se trataba de una simple rutina, no acababa de acostumbrarse. Para colmo le había tocado de servicio con el guardia Longás, lleno de remilgos, mirando a uno y otro lado, como embobado, sin decidirse a hurgar en el interior del coche, cuando su deber, su primera misión, consistía en identificar a las víctimas, venga, guardia Longás, que llevamos cerca de media hora para nada, y el guardia Longás descolgándose con preguntas innecesarias:

–¿Habrán avisado al juez?

–Naturalmente.

En el pueblo casi no quedaba gente; todos marcharon en dirección al río, siguiendo la comitiva encabezada por mosén Hilario y los dos monaguillos portando los santos óleos.

–Cuidado, cuidado –recomendaba el sacerdote–, que estáis salpicando de barro hasta lo más sagrado.

Los monaguillos no comprendieron bien aquellas palabras del cura y buscaron los atajos para llegar antes, sin preocuparse por dónde pisaban, si agua o barro.

Doña Crisanda, privada de la vista como estaba, pidió que la llevaran por buenos caminos, no me hagáis sufrir más, parece que disfrutáis poniendo piedras a mi paso.

–¿No podéis guiarme mejor?

–Por aquí no hay buenos caminos, el río está lleno de piedras.

–¡Jesús, Jesús!

–Quédese si quiere, ya se lo contaremos.

–No es lo mismo, si lo sabré yo.

Se adelantaron dos parejas más de la Guardia Civil, enviadas por el teniente para poner orden, antes de que la comitiva llegara al lugar del accidente.

–¿Y el teniente? –preguntó el cabo Senante Gómez Requena.

–Vendrá después, con el juez y el médico forense.

Los primeros curiosos contemplaron atónitos el trágico espectáculo, sin acercarse demasiado por temor a la Guardia Civil.

–Arriba, en la carretera –informó uno de ellos–, no hay señales de frenado.

–¿Ninguna huella de las cubiertas? –se interesó el cabo Senante.

–Ninguna.

–Ya lo hemos comprobado nosotros –ratificó el guardia Martínez, que formaba entre los recién llegados–, ni rastro de las ruedas.

–Qué raro.

Efectivamente, el guardia Martínez, el guardia Fernández, el guardia Salinas y el guardia Escartín habían inspeccionado cuidadosamente la zona antes de bajar al río. Teóricamente, el accidente parecía inexplicable, porque la curva en aquel tramo de la carretera no era demasiado pronunciada, ya que se tomaba a la salida de otra curva, lo que obliga a llevar la velocidad controlada; luego seguía una recta sin obstáculos. Los técnicos dictaminarían las causas en último extremo.

A las once y media de la mañana el sol apretaba con fuerza, remansando su calor en el fondo del valle. El cabo Senante Gómez Requena tuvo que secarse el sudor de la frente, y en la operación de sacar el pañuelo de su bolsillo se le cayó la carpeta de los documentos. Le ayudó a recogerlos el guardia Martínez, la sonrisa de la niña entre las piedras, un tanto suspenso cuando tuvo la fotografía en sus manos.

–¿Quién es?

–La hija de uno de ellos. Démela.

El guardia Martínez entregó la fotografía al cabo Senante y éste la guardó en la carpeta junto con los demás documentos.

–¿Han logrado identificarlos a todos?

–No, faltan dos. Échele una mano al guardia Longás, a ver si lo consiguen.

Cuando mosén Hilario se abrió paso entre los guardias para administrar los últimos auxilios a los difuntos, doña Crisanda ya no pudo más y preguntó desairada, a un paso del cuerpo que yacía sobre el lecho pedregoso del río:

–¿Queréis decirme dónde están los muertos?

–Un poco más y lo pisa. ¡Retiren a esa mujer de ahí! –ordenó el cabo Senante Gómez Requena.

Rosario Fanlo Suelves, alias la Loba, se presentó con un fardo bajo el brazo –para eso se metió en casa corriendo, tan pronto como cundió la alarma–, encarándose con el cabo:

–Haga el favor de no tratarla así, que es ciega.

Ramiro Álvarez Mesa, hijo de Tomás y de Virginia, cerró los ojos tratando de ahuyentar sus propios pensamientos, la boda de Antonio, Mercedes de blanco, y se encontró, sin conseguirlo del todo, junto a Cecilia, su esposa, junto a Marta, su hija, lejos de la realidad circundante, las palabras de Carlos, no corras, entre una recta y una curva, ¿cómo correr?, y le sacó de su abstracción Pedro, que viajaba a su lado, en el asiento de atrás, cuando gritó qué pasa, y Antonio recomendándoles que se agarraran bien, ¿a dónde? «Estáis locos», dijo Ramiro.

No recordaba más. Sin duda recibió de lleno el primer golpe y quedó conmocionado, inconsciente. Las únicas palabras que registró su memoria, después, fueron las de Pedro: «Ramiro vive aún. Respira». Todo confuso, la urgencia de pedir ayuda, la boda será mañana a las doce, Mercedes me espera. Se despertó insensible al dolor, oprimido entre chapas y hierros, sin poder mover las piernas ni los brazos, sangrando abundantemente. Respiraba con dificultad, sin fuerzas para pronunciar una sola palabra. Al poco se le fue apoderando el dolor, invadiéndole el costado, el pecho, las sienes.

–¿Cómo conociste a Mercedes?

Parecía que le iba a estallar la cabeza.

Todo fue bien hasta que Cecilia se enteró y le dio a elegir:

–O Mercedes o yo.

Creció junto a Cecilia, amiga de la infancia, novios siempre sin saberlo. Lo de Mercedes cambiaba bastante. La conoció en una fiesta y bailaron juntos. Mercedes era atractiva e inteligente –enigmática también–, hija de una familia acomodada; podía permitirse todos los lujos y caprichos, hasta el de elegir a los hombres y no consentir que ellos se le adelantaran en la elección. Presumía de mujer liberada y posiblemente había conseguido dar ese paso que en la mayoría de las mujeres es más teórico que práctico. Para ella carecía de importancia la relación sexual, que situaba en su justo medio, ni tabú cuando se trata de mujeres, ni práctica frecuente y generalizada entre los hombres. No acababa de comprender cómo la mujer salía siempre mancillada y envilecida a los ojos de ciertas gentes, en tanto que los hombres ganaban puntos y se vanagloriaban de su conquista. ¿Por qué no se producía la igualdad de elección? Igualdad también a la hora de rendir culto al amor, consumarlo, sin que el hecho en sí pueda ser juzgado con óptica distinta, ya se trate de hombre o de mujer. «La pureza –argumentaba Mercedes– es algo diferente, mucho más elevado, que se relaciona con el espíritu y no con la materia.» No defendía el amor libre hasta el extremo de que cada cuál pudiera desahogar sus instintos a plena voluntad, porque lo sexual, en los humanos, debe ser también sentimiento, elevación de la materia y no simple satisfacción de un deseo que puede desembocar en vicio, como la gula o la avaricia. Recordaba los primeros tiempos en que soplaban aires de libertad, palabra difícil de digerir aunque todos la esgriman como bandera, cuando asistió a un recital de canción popular en Biescas –siempre la montaña enmarcando el paisaje–, y entre canción y canción sonaba la voz enardecida de una mujer gritando viva el amor libre. Tanto se desgañitaba, que al final acaparó la atención de buena parte del público. Pues bien, se trataba de un auténtico adefesio, vieja, miope y jorobada, a la que ni siquiera el amor libre podía redimir. Mercedes no era de ésas, por más que le gustara llevar la iniciativa. Se sabía agraciada, con una chispa de dulce malicia en los ojos, y no se daba al primer hombre que conocía, sino que, por el contrario, era ella la que se encargaba de hacerlo suyo, si realmente le interesaba. No establecía un vínculo especial por eso, al menos aparentemente; nada le ataba ni comprometía. Los hombres que sabían del proceder de Mercedes revoloteaban a su alrededor, generalmente sin resultados positivos, porque entonces la privaban de su facultad de elegir. No era fácil comprender su carácter y manera de ser. Ramiro lo intentó y hasta llegó a enamorarse. Buscó acercarse al interior de Mercedes, asomándose a las profundidades vedadas a los demás, y fue entonces cuando Cecilia le concedió igualmente la facultad de elegir, con estas palabras claras y contundentes:

–O Mercedes o yo.

Ramiro tuvo sus momentos de duda, pero al final se decidió por Cecilia y su actitud sirvió para acelerar los trámites de la boda, la mejor manera de olvidar el pasado, se dijo, borrón y cuenta nueva. Mercedes era una buena chica, no había que negarlo, pero con un defecto que la sociedad no perdona, aunque también en este punto le asaltaba la duda al no saber si catalogarlo como defecto o como virtud, pues era evidente que Mercedes procedía con espontaneidad, guiada por sinceros impulsos. Una personalidad demasiado compleja, quizás, para la mayoría de la gente, cuando en el fondo no existía doblez alguna y todo se desarrollaba de la manera más natural y sencilla.

–La defiendes por puta –protestó Cecilia.

Estaba claro que para Ramiro no merecía semejante calificativo, porque Mercedes se dedicaba a vivir su vida simplemente, nada más, en un plano de igualdad con los hombres. Había otras mucho más putas, pero lo disimulaban, se reprimían, porque la máscara de la decencia continuaba siendo un disfraz muy rentable.

Quedó en verse con Mercedes al día siguiente, por la tarde, y dieron un largo paseo en coche para tomar un refrigerio en los paradores de las afueras de la ciudad.

–¿Por qué me traes tan lejos? –preguntó Mercedes.

–No sé, me ha parecido lo más discreto.

–¿Te preocupa que nos vean juntos?

–Tengo novia, ¿sabes?, y esta ciudad es demasiado pequeña.

–Si quieres, vamos a mi apartamento. Allí hay de todo.

Ramiro no disimuló su asombro:

–¿Dispones de apartamento propio?

–No te sorprenda tanto; muchos hombres hacen lo mismo.

–¿Qué hacen?

–Tener un apartamento para sus expansiones íntimas.

Ramiro ya no supo qué pensar, a no ser en el dinero, en la posición económica de Mercedes, que le permitía esos lujos o excentricidades. Repasó mentalmente las imágenes y palabras de aquella primera tarde en el apartamento de Mercedes, su piso de soltera. Al franquear la puerta miró a uno y otro lado con recelo, temeroso de que hubiera alguien.

–No hay cuidado, estamos solos –le tranquilizó Mercedes.

–Es un precioso nido.

–No digas vulgaridades.

El apartamento estaba montado con gusto, no había que decir con refinado gusto para no caer en los lugares comunes; tampoco que se notaba el toque de una mano femenina. Descubrió bien pronto que Mercedes odiaba las frases hechas y los cumplidos formularios. No procuraba ser natural y sincera, sino que lo era realmente de manera irremediable. Permitió que la besara en los labios, sin pasar de ahí; llegó, todo lo más, a acariciarle los senos, suaves y perfectamente moldeados.

Mercedes le cortó sonriente.

–Hemos venido tan sólo a beber unas copas, ¿recuerdas?

–Sí.

Había que admitirla como era, acostumbrada a tomar las decisiones por su cuenta, y Ramiro supo amoldarse desde el primer momento, única forma, por otra parte, de conseguir lo que se proponía. Cinco días después estaba en el lecho de Mercedes, siempre dejándose llevar, un recuerdo de sabor agridulce, porque Mercedes se entregaba en la cama abandonándose como en un sueño profundo, y al poco ya era una mujer distinta, autoritaria y caprichosa. «El problema es que está necesitada de amor y no lo encuentra; finge sentirlo una y otra vez, pero es inútil», sacó la consecuencia Ramiro. Por eso la trató siempre con delicadeza, sin herirla, y a fuerza de saciar en ella su deseo fue despertando a otro amor mucho más puro. Sucede así en algunas ocasiones, que se llega al amor por el deseo, aunque los principios generalmente admitidos se presenten a la inversa, primero el amor y después el deseo. ¿No importa acaso la conjunción de ambas sensaciones o sentimientos? Raramente se llegaba al fondo de la cuestión, por la dificultad de traspasar tantas capas de hipocresía y fingimiento con que la sociedad se empecina en cubrir uno de los principios básicos de la humanidad. Se olvida demasiado fácilmente que la inmoralidad nace desde el preciso instante en que el ser humano empieza a usar ropajes para cubrir su desnudez.

Unos meses más y hubiera sido demasiado tarde.

Nunca supo cómo Cecilia llegó a enterarse, hasta plantearle la disyuntiva final:

–O Mercedes o yo.

No podía abandonar a Mercedes así, por las buenas, y procedió con la misma sinceridad que había aprendido de ella.

–Cecilia se ha enterado de lo nuestro.

–¿Y qué?

–Me ha dado a elegir entre ella o tú.

–Ella ya estaba elegida de antemano.

Le volvió a sorprender aquella naturalidad de Mercedes en las situaciones más difíciles y comprometidas. ¿Cómo podía cambiar tanto en cuestión de segundos, hasta el extremo de ser prácticamente otra?

–Primero he de hablar contigo –dijo Ramiro.

–¿Dudas acaso?

–Ya lo ves.

Ramiro bajó la cabeza, sobre la que Mercedes posó una de sus manos, acariciándole.

–Me quieres, ¿verdad? –susurró.

–Te quiero.

–No es cierto, te equivocas. Lo tuyo no es amor, aunque se le parezca bastante.

–¿Qué es entonces?

–Soledad, estás enfermo de soledad. Ve a curarte junto a Cecilia.

–¿Tú me lo pides?

–Sí, yo.

Ramiro se quedó desconcertado; comprendía menos que nunca a Mercedes. La tenía ante sí sonriente, dispuesta para el adiós definitivo.

No volvió a verla más, aunque tuvo noticias de ella a través de Pedro, a través de Carlos, a través de Antonio finalmente, y cada vez que escuchaba su nombre sentía una extraña convulsión en lo más íntimo de su ser.

Su boda con Cecilia se improvisó en una semana, con el beneplácito de todos. Cecilia, satisfecha de su triunfo; él, con la paz interior recobrada. Así se lo dijeron sus allegados, sus amigos mejores, por más que él no reveló jamás su pasado con Mercedes, corto e intenso, lo suficiente para dejarle una profunda huella difícil de borrar. ¿Le sucedería lo mismo a Mercedes?

No volvió a saber de ella en mucho tiempo, y cuando Antonio le anunció que era su novia no se lo pudo creer.

–¿Hablas en serio?

–Totalmente.

–Enhorabuena.

–Estamos preparando los papeles para la boda –dijo Antonio–. ¿Querrás ser testigo?

–¿Tan pronto pensáis casaros?

–Llevamos casi un año de noviazgo. Claro, como ahora nos vemos menos...

Llamó a Carlos por teléfono para informarle, para convencerse también a sí mismo, y Carlos no le dejó terminar:

–Sí –dijo–, lo sé; precisamente la conoció por mí.

–¿No le advertiste previamente?

–No imaginé que sucedería esto, cómo iba a preveerlo.

Quedaron en reunirse pasados unos días, a fin de adoptar

decisiones, porque no podían consentir que Antonio fuera al matrimonio ignorante de quién era Mercedes, a no ser que ella, con su proverbial sinceridad, se lo hubiera revelado de antemano. Ramiro sintió el aguijonazo de los celos, cuando creía haber superado la crisis. ¿Se dejaría llevar ahora por el resentimiento? Carlos, Pedro y otros más podrían contar historias parecidas. ¿Cómo tolerar aquella boda, tratándose de su mejor amigo? Supo que Antonio pasaba casi todos los fines de semana en la montaña, acompañado de Mercedes. Allí, al encuentro del origen y de la pureza. Le llegaron referencias relativas a la felicidad de la pareja. En lo sucesivo procuraría estar más cerca de Antonio, evitando la presencia de Mercedes. Tenía que asegurarse bien, antes de obrar, porque conocía otras historias semejantes, de amigos que jugaron a redentores y perdieron la amistad en la apuesta. Es práctica común que un hombre enamorado defienda a la mujer que ama y no admita que la ofendan o insulten, sin detenerse a pensar en lo justificado de esos mismos insultos y ofensas, porque al hombre en celo le ocurre como al urogallo, que canta su felicidad ciego y sordo, por no ver ni escuchar más que la causa de su amor, y entonces se convierte en presa fácil para los cazadores, con una muerte de leyenda a sus espaldas.

Cecilia se le acercó preocupada:

–¿Qué te pasa?

Hasta su hija Marta le preguntó entre arrumacos:

–Papá, ¿por qué estás triste?

Hubiera deseado proclamarlo a los cuatro vientos, desahogarse; no lo hizo por el temor de que Cecilia no comprendiera e interpretara mal su reacción diciéndole estás celoso de que se la lleve tu amigo. Era plenamente feliz y no deseaba que la sombra de Mercedes se interpusiera otra vez en su camino.

Pensó en que no todas las mujeres nacen para casadas. La

convivencia es fruto de múltiples renuncias; el éxito estriba en vaciarse de egoísmos para llenarse de generosidad. Uno se aligera de peso y va por la vida sin lastres innecesarios. No se lograba fácilmente esa capacidad de comprensión que necesita la pareja para sentirse verdaderamente dichosa. Ramiro lo había conseguido y no quería renunciar a ningún precio. Quizás llevaba ventaja sobre los demás por el hecho de que Cecilia fue su compañera siempre, desde niña; crecieron juntos, viéndose todos los días, puesto que los padres de ambos residían en el mismo edificio. Tan sólo se distanciaron ligeramente en la adolescencia, por el rubor que entraña la transición, el paso a una personalidad plenamente definida. Después continuaron saliendo juntos, primero a escondidas de los padres, cuando jamás tuvieron necesidad de ocultarse, y después a la vista de todos, como amigos inseparables, sólo amigos, porque eso lo dejaron bien sentado desde el principio, sin reparar en que su amistad apuntaba mucho más lejos, aunque posiblemente radique en ese afecto leal y sin equívocos el verdadero secreto del amor, en saber ser amigos con todas las consecuencias. Todos los tomaron por novios desde el principio; ellos lo negaron durante algún tiempo y luego ya no se preocuparon de aclarar la situación, hasta que se convencieron a sí mismos de que, efectivamente, eran también novios además de amigos.

–La boda será mañana, a las doce.

–No pienses en ello.

–Mercedes me espera.

–Olvídate.

Aquellas palabras le martilleaban el cerebro, giraban en su torturada cabeza como los canjilones de una noria, ruidosamente, vertiendo su contenido en sucesivos golpes de dolor. Intentó cambiar de postura y oyó claramente la voz de Pedro, a su lado:

–Se ha movido; sí, se ha movido.

Después escuchó su nombre, Ramiro, y abrió los ojos a la oscuridad, sin conciencia de dónde se encontraba, y quiso saber qué había pasado, sin que le dieran una respuesta convincente. Entonces sonó la voz de Antonio, delante, a escasa distancia:

–¿Puedes valerte? –se interesó.

–No.

–¿Qué te duele?

–Todo.

–Prueba a mover los brazos.

–No los siento siquiera.

Ramiro había probado por su cuenta anteriormente y se sabía atrapado entre los hierros y chapas del coche, sin poder valerse, por eso preguntó qué ha pasado y no dónde estamos, porque comprendió bien pronto lo sucedido, después de la conversación entre Antonio y Carlos, con los nervios a flor de piel los dos.

Suspiró profundamente, con la esperanza de absorber el dolor. Carlos, frente a él, junto al asiento del conductor, también respiraba con dificultad; lo podía escuchar perfectamente en el silencio de la noche. Se olvidó de sí momentáneamente, atento al proceso de Carlos que gritaba me ahogo con voz entrecortada, no puedo respirar. Tampoco sentía las piernas, por más que Antonio, al parecer el más entero de los cuatro, le alentaba constantemente con sus palabras.

–¿Y las piernas?

–No las siento, ya te lo he dicho.

Ramiro se inclinó ligeramente hacia adelante, con esfuerzo –no podía moverse más– y dijo susurrante, casi ronco:

–Es inútil, vamos a morir.

Tuvo la certeza de la muerte en ese instante, cuando Carlos se ahogaba agónico y Pedro, a su lado, vaticinaba que no podrían soportar así toda la noche, nadie vendrá a buscarnos; tan sólo las palabras de Antonio como mínima ilusión de vida, esforzándose denodadamente por liberarse de la trampa en la que había caído, abriendo hueco entre el volante y el respaldo del asiento. ¿De qué le serviría? Hablaba de salir para buscar ayuda. Ramiro, hijo de Tomás y de Virginia, cerró los ojos –más oscuridad todavía– y pronunció el nombre de Cecilia, conjurándola más bien, con la ansiedad de vislumbrar una luz en la noche, imposible de prenderse a fuerza de palabras torturantes, la boda no se demorará, Mercedes irá de blanco, como si lucharan entre sí las fuerzas del bien y del mal, librando la batalla de la desesperación.

Escuchó la voz de Antonio, nuevamente enzarzado con Carlos, volviendo sobre el mismo tema, obstaculizando el dulce proceso de la muerte, porque Ramiro contemplaba la muerte como una amiga dulce y sumisa, dispuesta a proporcionarle paz y sosiego, serenidad sin fin, rotas las ligaduras de la prisión que le atormentaba. Muerte amiga cabalgando en nubes de algodón, deslizándose sumisa por el río, suspirando susurrante con la brisa helada de la noche.

Abrió los ojos asustado, Antonio gritando desgarrado el nombre de Carlos, y Carlos respondiendo ya sin palabras, con un ronquido extraño y el silencio después.

–Ha muerto –sentenció Ramiro.

Antonio negó con energía, rebatió la imagen de la muerte ahuyentándola de sí, es sólo un desmayo. Ramiro notó que se le secaba la garganta, la sed le abrasaba por dentro, acentuada por la impotencia, escuchando el murmullo de las aguas próximas. Pedro, a su lado, vio una luz que resultó ser el simple reflejo de los faros de un coche sobre las aguas del río, la vida arriba, carretera adelante.

Antonio le pidió ayuda para salir de allí. ¿Cómo prestársela? «No merece la pena», le dijo. Después preguntó:

–¿Cuántas horas han transcurrido desde el accidente?

No hubo manera de saberlo. El reloj de Antonio funcionaba, pero no podía ver la esfera con tanta oscuridad. Buscaron la linterna, sin encontrarla. Ni un mechero, ni una caja de cerillas. El reloj de Antonio, regalo de Mercedes, seguía funcionando como si nada, golpeando en el tiempo que se iba.

–Un cigarrillo vendría bien ahora.

Expuso ese deseo inútil y recordó que casi todos los moribundos, en las novelas y en las películas, decían algo parecido, un cigarrillo a falta de agua para convertir en humo las últimas ilusiones. Echó la cabeza a un lado y recibió de lleno el frío de la noche azotándole las mejillas; no lo soportaría mucho tiempo en aquella situación.

Todo por culpa de una discusión estúpida, a vueltas con Mercedes, pisando Antonio el acelerador con rabia, incapaz de romper aquella conjura de silencio, Carlos atajándole cautamente, hasta que le dijo estás bebido, y Antonio aceleró más. «Nada de locuras», advirtió Ramiro. «Mataos vosotros si queréis», balbució Pedro.

Sucedió en un instante, con el coche de un lado para otro de la carretera, venciéndose por el izquierdo, hacia el precipicio; dio una vuelta de campana completa –hasta ahí recordaba Ramiro– para chocar violentamente contra unas rocas, sobre el lateral derecho, y salir rebotado.

Cuando Antonio le comunicó su intención de celebrar la despedida de soltero en la montaña, la idea le pareció bien, allí estaremos tranquilos, dijo, el problema será para regresar.

–Nos distribuiremos en varios coches –explicó Antonio–, y

al que le toque de conductor, que se controle con la bebida. Carlos, Pedro y tú subiréis conmigo, así viajaréis más seguros.

–Podrías adelantar la despedida.

–Antes no tendría razón de ser.

El martes, a las siete de la tarde, Ramiro mantuvo la acordada reunión con Pedro.

–¿Carlos?

–No le avisé –confesó Ramiro.

–Quedamos en que lo trataríamos los tres juntos.

–Carlos le presentó a Mercedes.

–Por eso mismo.

–Ya le tendremos informado.

Ramiro sopesó los pros y los contras, puesto que se trataba de una decisión comprometida. No podían traicionar la amistad de Antonio; su deber era advertirle a tiempo, sin esperar al último momento, cuando ya no hubiera remedio.

Entraron en Tabernillas Palace y se acomodaron en la mesa del rincón, a salvo de miradas indiscretas. Pidieron dos cervezas –los vinos ya llegarían después, en todo caso– y conversaron en voz baja, temerosos de que alguien pudiera escuchar su conversación. Los dos se mostraron de acuerdo desde el principio; pero el problema no consistía tanto en ese punto como en el de encontrar la fórmula para decírselo a Antonio.

–Enamorado como está –opinó Pedro–, puede ser un arma de dos filos.

–Nosotros tenemos la obligación de revelarle la verdad –resolvió Ramiro– y después que haga lo que mejor le parezca.

–Ahora es feliz.

–Una felicidad sustentada en el engaño.

Ramiro pronunció aquellas palabras y en el fondo se arrepintió de haberlas pronunciado. Dudó si la felicidad consistía precisamente en eso, en vivir al margen de la realidad circundante, levantando castillos en la arena, edificando sobre el engaño para que la ilusión se remonte a su libre albedrío.

—Podemos jugarnos la amistad de Antonio —vaticinó Pedro.

—También nos la jugamos traicionándola.

—A cambio de su bien.

—¿Cómo saberlo?

Pedro recordó algunos casos y relató el de un conocido suyo que contrajo matrimonio con una prostituta. Sus amigos quisieron oponerse a semejante locura, según la calificaron ellos, y le dijeron no puedes casarte con ésa porque sabes que ha estado en la cama con todos nosotros, se ha ido con el primero que le ha pagado, cómo es posible que no lo comprendas, y el que se iba a casar con la prostituta se encogió de hombros, ¿a mí qué?, y dijo después de la boda sólo será mi mujer y como tal habrá que respetarla.

—Hay cosas que no se comprenden, Ramiro.

—Antonio no merece el silencio por nuestra parte.

—Suponte que Mercedes se lo ha contado todo; tú sabes que no tiene prejuicios.

—Sí.

—¿Qué pasará entonces?

—Nada. Antonio tendrá una prueba más de nuestra amistad.

—También puede suceder que se niegue a creernos y lo considere una calumnia.

—Le daremos pruebas para convencerle.

—¿Qué pruebas?

—Tú has visitado el apartamento de Mercedes, ¿verdad?

—Claro.

—Descríbeselo con detalle.

—No basta.

—También puedes describírsela a ella, palmo a palmo.

—Eso me parece demasiado.

–No se trata de una simple sospecha, Pedro –insistió Ramiro–; lo sabemos por propia experiencia, lo mismo que Carlos. ¿Podemos quedarnos impasibles viendo cómo Antonio acude al matrimonio ignorante de todo?

Pedro asintió, con la cabeza baja:

–Tienes razón. ¿Pero cómo se lo decimos?

Estaban como al principio. Buscarían el momento propicio –¿cuándo?–, a sólo cinco días de la boda. Ramiro se mostró confundido, nunca sospechó que el destino pudiera jugarle aquella mala pasada. Se llevó las manos a las sienes, en un gesto de impotencia.

–¿Lo sabe Cecilia? –le preguntó Pedro.

–Todavía no.

–¿A qué esperas?

–Temo que no sepa interpretar mi reacción.

–Será peor si lo descubre el día de la boda.

Le faltaba valor para enfrentarse a la situación, y a Pedro le sucedía lo mismo. La conversación se prolongó indefinidamente, ambos de acuerdo en lo esencial, sin encontrar una salida viable, ni saber cómo encarar el riesgo. Convinieron en solicitar una entrevista privada con Antonio y abordar el problema juntos, y discutieron sobre cuál de los dos se encargaría de concertar la entrevista, hasta que Ramiro asumió toda la responsabilidad.

–Le llamaré yo.

Demasiados rodeos para llegar a una conclusión tan simple.

Al regresar a casa se lo soltó a Cecilia a bocajarro:

–Antonio se casa con Mercedes.

Cecilia abrió los ojos desmesuradamente, como si no hubiera oído bien, y preguntó asombrada:

–¿Cómo?

–El domingo es la boda.

–¿Me lo dices tan tranquilo?

–Vengo de hablar con Pedro. Hemos tratado del tema. Solicitaremos una entrevista con Antonio.

–Tenéis que abrirle los ojos.

No dijo más Cecilia. Se metió en el cuarto de Marta y no volvió a aparecer; pero Ramiro intuyó cuál era su estado anímico. Descolgó el teléfono, marcó el número de Antonio y le respondieron ha salido, no sabemos cuándo regresará. Tantas veces como llamó obtuvo la misma respuesta. Llegó a pensar que Antonio no quería ponerse. Luego lo achacó a los preparativos para la boda, que le tendrían muy atareado. Intentó localizar a Carlos y lo consiguió después de llamarle a su casa, a la oficina, al bar.

–Carlos –dijo–, no puedo comunicarme con Antonio.

–Hace varios días que no se deja ver.

Ramiro tragó saliva antes de preguntar:

–¿Piensas decírselo?

–¿Qué? –la voz de Carlos sonó perfectamente natural.

–Lo de Mercedes.

Hubo un prolongado silencio, una tensa pausa, hasta que Ramiro volvió a escuchar la voz de Carlos:

–¿De verdad crees que debemos decírselo?

–Lo he consultado con Pedro y está de acuerdo en que no podemos traicionar su amistad.

–Se quieren, ¿sabes?

–Sí, pero...

–Yo también le he dado muchas vueltas al asunto, me tiene preocupado desde hace tiempo –admitió Carlos–, pero los veo tan unidos, tan compenetrados, que no me atrevo. Quizás ella le haya puesto en antecedentes.

–¿Tú crees? Si fuera así, la habría alejado de nosotros.

–No sé...

Carlos tampoco se atrevía, estaba claro. Confesó su falta de valor para abordar un asunto tan delicado, allá vosotros, dijo al despedirse, y Ramiro quedó perplejo, con el auricular en la mano.

No hubo manera de dar con Antonio en los próximos días, ni respondió a los sucesivos recados que Ramiro le dejó, y así llegaron al sábado, en que se reunieron los cuatro para celebrar la despedida de soltero. Fueron puntuales a la cita, tal como les recomendó Antonio, son dos horas largas de viaje y tenemos que llegar los primeros, porque para eso somos los anfitriones, bromeó, y Carlos se apresuró a corregirle:

–Eres.

–Parece como si los cuatro fuéramos a casarnos con Mercedes –siguió bromeando Antonio.

Ramiro cruzó una mirada de inteligencia con Pedro, y Carlos bajó la cabeza. Temió que Antonio fuera más allá de la simple broma y sonrió confundido.

Durante el viaje apenas hablaron, absortos en sus pensamientos cada uno, contemplando el paisaje; sólo frases sueltas, sin ilación, cuando concluyan la variante de Monrepós será una delicia, en esa ladera se bate bien el viento, se ve llena de erizones. La tarde bañaba en oro los valles, y las cumbres se difuminaban en tonos grises, azules y violetas.

–Aquí nació el reino –comentó Antonio.

Fueron los primeros, según lo previsto, y dispusieron los últimos detalles para la fiesta.

–La despedida de soltero está servida –Antonio continuaba con su buen humor.

Todos se contagiarían poco después. Los amigos del novio formaron al completo. A Ramiro le sorprendió aquella desbordante alegría, todos a una brindando por el novio, todos a una riendo, todos a una entonando las mismas canciones.

Buscó un aparte con Pedro:

–Ahora o nunca –le dijo.

–Sí.

–¿Empiezas tú?

–De acuedo.

Se acercaron a Antonio, uno por cada lado, serios, anunciando en la gravedad de sus rostros que se trataba de algo importante. Antonio les preguntó, inquieto.

–¿Qué queréis?

Ramiro vio cómo Pedro habría la boca para hablar, arrepintiéndose a continuación, esbozando una sonrisa al tiempo que golpeaba cariñosamente con la mano el hombro de Antonio.

–Bien, hombre, bien.

–¿Eso es todo?

–Ahora ya no puedes echar marcha atrás.

Ramiro quiso arreglarlo con estas palabras:

–Así es que vas a ingresar en la cofradía.

–¿Qué cofradía?

–La de los casados.

Lo estaban estropeando, lejos de arreglarlo, por más que las risas de los tres corearon aquellas palabras vulgares y deslabazadas, tosca máscara de la verdad que ocultaban. Ramiro aún se atrevió a preguntarle si era feliz y Antonio respondió sin titubear:

–Completamente.

–Entonces no hay más de qué hablar.

A eso llegaron después de tanta preparación. Ramiro no podía disimular su propio disgusto, para qué preocuparnos si luego nos falta el valor necesario para hablar. Se alejó malhumorado, seguido de Pedro, sin escuchar la algarabía de los demás, cantando y riendo estrepitosamente, brindando por el novio, constante entrechocar de vasos y copas en el vacío.

–Comprende que no es el momento adecuado –razonó Pedro.

–De todas formas, no tenemos justificación.

Benjamín Alvira gritó viva san Cornelio, ese loco insensato; a Ramiro le rechinaron los dientes, por no dejar que se le fueran las palabras.

Minutos después se les reunió Carlos para anunciarles el regreso, Antonio despidiéndose de los demás, quiere estar descansado para la boda, me ha dicho que le esperemos en la puerta, y Ramiro asintió con un gesto.

–Os veo muy serios –comentó Carlos.

–Vinimos dispuestos a contárselo todo –explicó Ramiro– y nos ha faltado el valor.

–¿Para qué cruzarnos en la felicidad de los demás?

–Ya nos hemos cruzado. ¿O no?

Antonio llegó sudoroso, entre brindis y vítores; miró a Carlos, miró a Ramiro, miró a Pedro y preguntó sereno:

–¿Vamos?

Ramiro le estuvo observando todo el tiempo y sabía que no apuró un solo vaso, una sola copa, haciendo gala de un control y fuerza de voluntad envidiablcs. Abandonó la fiesta en lo más animado, sin prestar atención a los requerimientos de Carlos; subieron juntos y juntos regresarían, cuando la noche se cernía tupidamente sobre la montaña, llegada como por sorpresa al despeñar el sol tras el último horizonte.

Se acomodaron en el coche ocupando cada uno el mismo asiento que anteriormente: Antonio al volante, con Carlos a su lado, y Pedro y Ramiro detrás.

–¿Estamos?

Cerraron las portezuelas y Antonio puso el motor en marcha; arrancó pisando el acelerador a fondo, y las ruedas patinaron al doblar bruscamente para alcanzar la carretera.

Allí se produjo la primera advertencia de Carlos:

–No corras.

Unos kilómetros más adelante, muy pocos, Antonio detuvo el vehículo y propuso:

–Tenemos que brindar los cuatro solos. ¿No os parece?

Aceptaron complacidos. En medio de todo, era una liberación. El establecimiento, a manera de parador situado a orillas de la carretera, les resultaba familiar por haberlo frecuentado en otras ocasiones. Tomaron asiento en torno a una mesa y Antonio pidió una botella de champán, tal como requería el brindis. Se pusieron en pie y brindaron por la amistad. Ramiro reparó en que Antonio apenas mojó sus labios en la copa, en tanto que se dedicaba a observar a Carlos, a Pedro, a él mismo, Ramiro, hijo de Tomás y de Virginia.

Cuando volvieron a sentarse, Antonio dijo:

–Ya estamos los cuatro solos, ya podemos hablar claro.

¿A dónde quería ir a parar? Ramiro compartió su sorpresa con Carlos y Pedro, como si le viniera de nuevas, cuando andaba ya en sospechas del comportamiento de Antonio, el cual afirmó sin titubeos, cargando el acento y la intención en cada unas de sus palabras:

–Me caso con Mercedes, está decidido; no habrá marcha atrás, pase lo que pase. Quedan tan sólo unas horas para la boda y vosotros habéis querido decirme algo con frases y preguntas impropias del momento. Atreveos ahora, que os escucho.

Ramiro se intranquilizó y quiso salir por la tangente, yo también tuve que soportar esas bromas cuando me casé; pero allí se trataba de algo mucho más serio, la felicidad adelante, sustentada en la mentira, o la felicidad rota, deshecha, al amparo de la verdad. ¿Quién dijo que la verdad nos hace felices? Carlos y Pedro salieron como pudieron del trance, porque ya era demasiado tarde para todo.

Brindaron nuevamente para tratar de olvidar las palabras, y Ramiro pidió a Antonio que llamara a Mercedes para que no penara por él –le dio esa prueba final–, sobreponiéndose a sus propios sentimientos.

Carlos pidió otra botella después de pegar un puñetazo sobre la mesa, basta ya, estamos celebrando una despedida de soltero, no un funeral, y todos alegraron las caras finalmente, con la última copa entre las manos.

Pagaron y salieron a la calle, en dirección al coche. Soplaba una suave brisa reconfortante. Ramiro la agradeció, porque le abrasaban las sienes.

Al arrancar bajó el seguro de la portezuela, sin saber por qué, y oyó la consabida recomendación de Carlos:

–Despacio, no tenemos prisa.

Todavía intercambiaron algunas frases más relativas a la velocidad y la prudencia, pero Antonio parecía poseído por la prisa, pisando el acelerador a fondo en las rectas y frenando bruscamente en las curvas, con alarmante rechinar de las cubiertas sobre el asfalto –¿te has vuelto loco?– , furioso por ganar tiempo al tiempo, mientras gritaba que le hablaran de Mercedes, ¿qué pasa?, y sucedió un silencio de muerte tras sus últimas palabras, agarraos bien –¿intencionadas como las otras?–, sin control sobre el vehículo que trazó varias eses sobre la carretera –¿burlándose?– para luego caer despeñado al río, rebotando contra los roquedales.

Ramiro Álvarez Mesa, hijo de Tomás y de Virginia, se inclinó hacia adelante en todo cuanto le permitieron los hierros y las chapas que le aprisionaban, preocupado por Carlos, sin duda en estado preagónico. Antonio gritaba desesperado –¿arrepentido quizás?–, acuciando el despertar de su amigo, sin darle tiempo para reponerse. Forcejeó con el volante y el respaldo del asiendo, un poco más y lo conseguiré, y Carlos susurró unas palabras que Ramiro no pudo escuchar. Volvió a su posición inicial, convencido de que Carlos seguía con vida. Les acechaba la muerte espantosa y luchaban por ahuyentarla, sin saber cómo. Tan sólo el deseo de huir por parte de Antonio, como si en el exterior se hallara la solución, cercados por la noche, solos.

Pedro podía mover, al menos, uno de sus brazos, el izquierdo, y con él tiraba del respaldo del asiento de Antonio, ayudándole.

–Ha cedido unos centímetros. Sigue, Pedro, sigue...

Ramiro movió la cabeza a uno y otro lado para sacudirse la somnolencia que le embargaba. No podía efectuar otros movimientos, excepción hecha de una leve inclinación hacia adelante. Llamó mentalmente a Cecilia y a Marta, esperándole inquietas, porque les prometió que regresaría pronto. ¿Cuántas horas habían transcurrido desde el accidente?

Marta no sabía salir de sus rodillas, en ellas encontraba su asiento preferido, lo mismo para los juegos que para los arrumacos. Últimamente, Cecilia le había comentado, ruborosa –no comprendía cómo se le subía el rubor aun cuando hablaba de esas cosas–, que le reservaba una sorpresa pero que todavía faltaban días para tener la seguridad, y Ramiro adivinó en seguida: «¿Quieres decir que estás embarazada?». El miércoles les entregarían los resultados del análisis.

En cuatro años de casados no hablaron de Mercedes. Su nombre volvió a cruzarse ahora indirectamente. Ramiro llegó a olvidar todo el pasado que no se relacionara con Cecilia, porque el pasado de Cecilia era también su presente, y cuando de nuevo le asaltó el recuerdo de Mercedes, hizo lo posible por alejarlo, hasta que decidió plantar cara a la realidad y evitar que un amigo cayera en el peligro ya conocido, porque se necesitaba estar ciego para no comprender. Sin embargo, mientras procedía así, el remordimiento le corroía por dentro, diciéndole que juzgaba injustamente a Mercedes, cuando fue ella la que cortó pidiéndole que volviera con Cecilia, porque sufría de soledad. Mercedes decidiendo siempre, radiante, de blanco, considerada un peligro por querer equipararse a los hombres y hacer uso de los mismos derechos y libertades. Era un paso difícil de salvar para muchos, convirtiéndose en abismo imposible. Mercedes no podía considerarse una mujer apta para el matrimonio. A Ramiro le parecía un absurdo, cuando él estuvo a punto de superar esos prejuicios; le hubiera bastado tan sólo con el amor de Mercedes. Una mujer enamorada es siempre distinta, porque no sabe ser infiel, y todos convenían, ahora, en que Mercedes y Antonio se querían. Cambiaban los planteamientos actuales, hecha la salvedad del pasado, un tiempo pretérito que muchos no perdonan porque carecen de capacidad para el olvido.

Había que admitir la equiparación hombre-mujer como algo normal y necesario, venciendo prejuicios atávicos. Si uno mira hacia adelante –mirar hacia atrás es retroceder–, tiene que admitir esa equiparación desprovista de egoísmos, sin posturas predominantes. La generosidad es la facultad más preciada del amor, y no cabe darse a medias o condicionalmente, bajo la autoridad exclusiva del hombre. Los exclusivismos, en el amor, nunca pueden ser impuestos, sino voluntarios. Uno se obliga, se entrega y se ata únicamente en la medida en que ama.

Mercedes supo conducirse de acuerdo con esos principios, sincera y espontánea siempre, incapaz de engañar y de soportar que la engañaran. No cometió más errores –o más faltas– de los que puede cometer un hombre joven bien situado económicamente, y ahí radicaba el mal, en que al hombre se le perdona todo y a la mujer no. «Antonio lo sabe, se lo ha contado ella», pensó Ramiro, fundamentándose en la propia personalidad de

Mercedes. «No ha sido capaz de engañarlo.» Eso explicaba el comportamiento de Antonio, sus reacciones de última hora, su decepción al descubrir que hasta sus mejores amigos callaban traicionando la amistad, sin el valor suficiente para decirle lo que pensaban, silencio culpable por parte de todos.

–Tú, Carlos, me presentaste a Mercedes. Era tu amiga. ¿Cómo la conociste?

Y Carlos ahogándose, sin poder respirar apenas:

–No me tortures con las mismas preguntas siempre.

Ramiro Álvarez Mesa, hijo de Tomás y de Virginia, no acababa de comprender aquellas palabras, con la muerte rondándoles, y replicó angustiado:

–No tiene objeto hablar de Mercedes ahora.

También se quejó Pedro de la insistencia enfermiza de Antonio; pero Antonio no atendía a razones, ha llegado el momento de la verdad –¿de qué verdad?– y es hora de que confeséis vuestro juego. Una locura. Ramiro cambió de postura su cabeza, atormentada a fuerza de dolores y palabras carentes de sentido, porque no tenía justificación el comportamiento de Antonio, una vez consumado el accidente, heridos los cuatro de gravedad, agonizantes. Acaso buscaba obtener esa última confesión que siembra de claridad el camino y barre las nieblas del horizonte, por ser el último servicio que se presta a la verdad.

El croar de las ranas, allí mismo, a escasos metros de distancia, le recordó la presencia del agua, con la garganta seca, la lengua áspera, torpe. Desvió la mirada al exterior y sólo vio noche, oscuridad total, crespones negros cabalgando desde el abismo.

–No tardes –le había recomendado Cecilia.

–No tardaré –la tranquilizó él–, porque vamos los cuatro juntos, en el coche de Antonio, y él quiere regresar temprano a fin de estar descansado para la boda.

—¿Le hablaréis de Mercedes?

—Esta misma tarde.

De mujer a mujer, admitió Ramiro, existe una comunicación diferente, una mujer no puede compenetrarse con otra en la misma medida que lo haría con un hombre; ellas, entre sí, se comprenden y perdonan menos, aunque luego pasen horas y horas hablando de sus cosas, conversaciones las más de las veces superficiales, sin profundizar en lo íntimo del ser, ocultándose unas a otras lo más importante. Una mujer guarda siempre más secretos que un hombre.

Escuchó los forcejeos de Antonio operando sobre el volante y el respaldo del asiento, desgarrándose de dolor a cambio de lograr su libertad, salir al exterior, buscar ayuda, y oyó su grito jubiloso en compensación a tanto esfuerzo tenaz:

—¡Lo conseguí!

Carlos preguntó:

—¿Qué piensas hacer ahora?

Antonio habló del pueblo, que imaginaba próximo, detrás de la revuelta del río. Ramiro intentó encontrar con la mirada la última curva de las aguas y sólo vio noche. Después le sorprendieron las propias palabras de Antonio poniendo condiciones, con el juego al descubierto, las cartas boca arriba, de vosotros depende que vaya a pedir auxilio, de que os decidáis a hablar o no. ¿Cómo era capaz de proceder así en aquellas circunstancias? Ramiro Álvarez Mesa, hijo de Tomás y de Virginia, apretó los dientes con rabia, sin dar crédito a las palabras de Antonio, resistiéndose a admitirlas, pero éste insistió, frío y rotundo:

—De vosotros depende.

—¿Cómo puedes ser tan cruel? —le escupió Ramiro.

También reaccionó Pedro pidiéndole que los dejara acabar en paz, puesto que iban a morir de todas formas, y Carlos se revolvió con inusitada energía, amenazándole con revelarle la verdad, porque no se trataba de una persona normal, y se refirió al presente y al futuro como única justificación de vida, porque el pasado es algo muerto que ya no puede volver a resucitar. Uno es ciego y sólo ve la realidad que quiere. Así dijo Carlos, encarándose con Antonio y renunciando a la posible ayuda que le pudiera proporcionar. «No hace falta –dijo–, yo no voy a necesitarla.»

Antonio no replicó, con el silencio tenso, lleno de noche. Transcurrieron varios segundos angustiosos hasta que pronunció las terribles palabras:

–Ha muerto.

Ramiro y Pedro callaron. Antonio pronunció sus nombres, Ramiro, Pedro, ¿estáis ahí?, y ellos respondieron afirmativamente, ¿dónde habían de estar?, y Antonio repitió aquella fatídica frase:

–Ha muerto.

–Sí, ha muerto –repitió Pedro.

–Sí, ha muerto –repitió Ramiro.

–¿Qué hacemos? –preguntó Antonio.

–Nada, sino esperar la muerte también.

Ramiro sintió que se ahogaba y abrió la boca para respirar aire puro; emitió un hondo gemido hacia adentro con el fin de facilitar el funcionamiento de sus órganos respiratorios atrofiados. Oyó la voz de Antonio nuevamente animoso, traeré ayuda, aguanta, Ramiro, cuando él, Ramiro Álvarez Mesa, hijo de Tomás y de Virginia, sólo pudo sacar fuerzas para balbucir:

–Llama a Cecilia, quiero verla por última vez.

Le faltaba la respiración y la sed le abrasaba las entrañas. Pedro puso la mano en su hombro, alentándole sin palabras innecesarias. La brisa de la noche soplaba fría y húmeda, pero se quedaba allí, a flor de piel, sin que la recibiera en su garganta y en sus pulmones, cada vez más resecos, cada vez más congestionados.

–Tienes que mirarte, no respiras bien –le había recomendado Cecilia después de una afección gripal, la última de aquella temporada.

–Se pasará, no te preocupes.

–Nada hay peor que un enfriamiento mal curado.

Lo escuchó miles de veces y jamás hizo caso. Existen demasiadas frases hechas que se admiten como artículos de fe y sólo son eso, frases rutinarias sin justificación aparente, recogidas en un archivo mental y dispuestas para ser utilizadas a conveniencia. Eso que llaman sabiduría popular se basa frecuentemente en la mayor o menor capacidad de erudición de cada cual a la hora de poner a prueba su archivo particular de frases hechas.

Detuvo su atención en Antonio, golpeando el capó del coche, despejando la salida a través del parabrisas.

–Antonio, no te vayas –articuló con dificultad–. ¿Vas a dejarnos morir solos?

Tragó aire y experimentó un ligero alivio, no te vayas. Ramiro se decidió al fin, vencido el miedo ante lo irremediable de la muerte, revestido de valor:

–Hablaré –dijo–, no me moriré con este peso de conciencia.

Sólo percibió como respuesta los jadeos de Antonio, su respiración agitada.

–No te vayas –la voz de Ramiro volvió a debilitarse–, no puedes abandonarnos, te revelaré la verdad.

Le cortó la voz de Pedro, haciéndole callar, eso carece de importancia ahora, y Ramiro Álvarez Mesa, hijo de Tomás y de Virginia, llamó a Cecilia con palabras entrecortadas que fueron sumiéndose en el silencio absoluto.

–¿Dónde están los muertos? –volvió a preguntar doña Crisanda.

–También es manía –dijo Justino *el Borau*.

–Calla –intercedió Rosario *la Loba*.

Llegaron más vecinos; el pueblo se agolpó en el río, cercando el lugar del accidente, acordonado por la Guardia Civil.

Rosario Fanlo Suelves, alias la Loba, portaba su voluminoso fardo bajo el brazo, extremo éste que llamó la atención de algunos vecinos, rarezas suyas, comentaron.

–¿Dónde están los muertos? –doña Crisanda gritó más fuerte para que repararan en ella.

Rosario *la Loba* le fue dando la descripción exacta:

–Uno de ellos lo tiene delante mismo, a dos pasos.

–¡Jesús!

Doña Crisanda retrocedió impresionada.

–Salió con vida del coche, porque se nota el rastro de sangre sobre las piedras.

–¿Y los otros?

–Dentro, a unos veinte metros más allá. Bueno, eso ya no es un coche sino un montón de chatarra. Uno tiene la cabeza fuera de la ventanilla y otro la mano, colgando.

–¡Jesús, Jesús! Falta uno.

–Está dentro también, pero no se ve.

El sol se hallaba próximo al mediodía y se derramaba pródigo sobre el valle. Algunas nubes viajeras surcaban el espacio a la altura de Collarada, pasaban ligeras sobre el sol fabricando sombras intermitentes; después, sol otra vez cayendo a plomo sobre el río para quebrarse con fuerza en las aguas cristalinas y reidoras.

El guardia Longás y el guardia Martínez revisaban el interior del vehículo desvencijado, sin decidirse a intervenir. Probaron las portezuelas a ver si se abrían, y nada, formaban una masa con el resto de la desfigurada carrocería.

Alrededor de las doce, el cabo Senante Gómez Requena volvió a sacar el pañuelo para secarse el sudor, mientras miraba indiferente a la multitud. Oteó las alturas, por si descubría la llegada del teniente acompañando al juez y al médico forense, que a buen seguro se detendrían allí mismo y descenderían por alguno de los senderos practicados en la vertical del abismo, al igual que hicieron las dos nuevas parejas que le enviaron. Observó que todos los senderos descendían hasta el río, o partían de él, según se mirara, para seguir zigzagueantes, suavizando su trazado al máximo. Esos mismos senderos eran utilizados a diario por los rebaños de ovejas. ¿Hasta dónde llegaban? El cabo Senante los perdió de vista en las cumbres.

Mientras el guardia Longás y el guardia Martínez intentaban identificar al tercero de los cadáveres, el cabo Senante Gómez Requena se metió el pañuelo en el bolsillo, una vez secado el sudor de la frente y del cuello –especialmente el de la cerviz–, abrió la carpeta de los documentos y revisó los concernientes a Antonio Ramos Fernández, hijo de Antonio y de Casilda, y a Ramiro Álvarez Mesa, hijo de Tomás y de Virginia. Tomó asiento sobre una piedra de regular tamaño y puso en orden sus anotaciones, veamos, personados en el lugar del suceso a las diez cincuenta y dos (once menos ocho minutos de la mañana), comprobamos que el accidente se produjo a las ocho y diez de la noche anterior (las veinte horas y diez minutos), si bien no fue descubierto hasta transcurridas catorce horas, por los pescadores Luis Gazulla Lahoz, Enrique Aladrén Lahuerta y Domingo Latorre Gracia, ya que según declaraciones hechas por los mismos, en aquellos momentos sonaban las campanadas de las diez de la mañana en el reloj de la torre parroquial de Villanúa. Los citados pescadores corrieron al pueblo a dar parte, cumpliendo así con su deber cívico, de lo que se pasó comunicación a la pareja de servicio constituida por el que suscribe, cabo primero Senante Gómez Requena, y el guardia segundo Narciso Longás Aineto, más conocido popularmente como el guardia Longás. Una vez comprobada fehacientemente la veracidad de la información facilitada por los susodichos pescadores, Luis Gazulla Lahoz, Enrique Aladrén Lahuerta y Domingo Latorre Gracia, se procedió a la identificación de las cuatro víctimas, que resultaron ser... (Aquí, el cabo Senante dejó un espacio en blanco, ya que no tenía los datos completos, a la espera de rellenarlos antes de que llegara el teniente, al que le haría entrega del informe por escrito, más bien borrador del atestado, para que viera la eficiencia con que operaba.) A las once cuarenta (doce menos veinte) llegaron cuatro números en servicio de vigilancia, con el fin de acordonar, dentro de lo posible, el lugar del accidente e impedir el paso a los curiosos, que a esa hora sumaban ya varias docenas. Repasó lo escrito y mereció su total aprobación. Después abrió un nuevo apartado con este título: «Causas del accidente». Cabían todas las suposiciones y conjeturas, desde un fallo de la dirección a una rotura de frenos, circunstancias éstas que determinarían los técnicos, desde imprudencia temeraria por exceso de velocidad a pérdida de control. Hasta podía barajarse la hipótesis de un suicidio colectivo con arrepentimiento final, hecho que podía comprobarse por el esfuerzo que realizó el conductor para salir del vehículo y arrastrarse sobre las piedras del río en busca de un auxilio imposible. No hubo frenazo brusco previo al accidente; arriba, en la carretera, no quedaron marcadas las cubiertas de la ruedas, con el caucho desgastándose sobre el asfalto, dejando una estela negra. Este punto preocupaba de manera especial al cabo Senante, porque se presentaba como una incógnita misteriosa, imposible de resolver a primera vista. Todo conductor frena indefectiblemente cuando ve el peligro ante sí, y el hecho de no frenar puede significar dos cosas: que el conductor no vio llegar el peligro o que los frenos no respondieron. El cabo Senante Gómez Requena dio rienda suelta a su imaginación.

Isidoro Cantín Almudévar, el alguacil, se abrió paso a codazos entre la multitud –porque se trataba, en efecto, de una multitud, considerando los escasos habitantes del pueblo– y se fue directamente al cabo.

–¿Alguna novedad?

–Sí. Han cursado aviso telefónico a todos los Ayuntamientos para que tratemos de localizar a varios de los asistentes a una fiesta de despedida de soltero.

–¿Una requisitoria? – preguntó el cabo Senante.

–Algo parecido.

–¿Qué ha pasado?

–No han regresado aún desde la tarde de ayer y la boda es a las doce de hoy.

El cabo Senante consultó su reloj.

–Faltan siete minutos –dijo–. Pueden celebrar la boda sin esos invitados; después nos ocuparemos de ellos.

–No pueden celebrarla –explicó el alguacil–, porque resulta que uno de los que falta es el novio.

El cabo Senante esbozó una sonrisa:

–Entonces me lo explico: se habrá arrepentido a última hora.

Inmediatamente se le apagó la sonrisa, con sólo mirar ante sí, ya que el cabo Senante Gómez Requena relacionó de inmediato las palabras del alguacil con el accidente, y pensó que la única manera de confirmar sus sospechas era identificar cuanto antes aquellos cadáveres y ponerse al habla con sus familiares; pero no podía tomar decisión alguna en tanto no llegara el teniente con el juez y el forense. Tenía las manos atadas, imposibilitado para disponer por su cuenta, todo por orden superior. Además, primero había que proceder al levantamiento de los cadáveres, un lamentable espectáculo que siempre se prolongaba durante horas por la misma causa: el juez aparecía demasiado tarde y mientras tanto quedaban los cuerpos a la vista del público, que nadie ose tocarlos ni cambiarlos de posición. El teniente partió en busca del juez, seguro, pero un juez resulta difícil de localizar por razones de su cometido. En casos como éste, pensó el cabo Senante, debería existir un procedimiento de urgencia, y menos mal que es en el río –se consoló en medio de todo–, ya que cuando toca en plena carretera hay que esperar igual, y allí nos tienes a nosotros escoltando los muertos y dando paso a los vehículos para que no se detengan, venga, venga, adelante, desviando con un gesto enérgico las miradas curiosas que se salen de las ventanillas.

–¿Qué contestación llevo? –inquirió el alguacil.

–Ninguna –replicó el cabo Senante con sequedad.

–¿Ninguna?

El cabo suavizó sus palabras:

–Dígales que nos ocuparemos del caso y les informaremos con lo que haya.

El alguacil aprovechó para echar una mirada al coche desvencijado, ataúd de tres muertos, y al cuerpo que yacía sobre las piedras del río, y partió presuroso hacia el pueblo, porque tampoco era caso de dejar el Ayuntamiento abandonado durante tanto tiempo, ya que el secretario sólo iba de tarde en tarde y el alcalde vivía pendiente más bien de su ganado, así es que le tocaba a él lidiar con todos los cargos, investido de una autoridad que no le correspondía, porque bastante trabajo le daba ya el empleo de alguacil, de casa en casa con los recibos y de esquina en esquina pregonando los bandos.

No recordaba un accidente como aquél, con cuatro muertos a la vez. Lo normal era uno y varios heridos, pero cuatro... Corrió para alejarse del lugar cuanto antes y porque no podía dejar solo el Ayuntamiento, a la buena de Dios.

Mosén Hilario se quedó allí plantado, con sus dos monaguillos portando los santos óleos, y quiso colaborar en la medida de sus posibilidades, interceder por los fieles difuntos, y propuso el rezo del santo rosario por la salvación de las almas de los cuatro hermanos que hallaron la muerte trágicamente.

–No, padre –quiso disuadirle el cabo Senante–, nada de rezos. Primero hay que instruir las diligencias. Después ya les rezará todos los rosarios que quiera y les dirá misas.

–¿Cómo desaprovechar esta gran asamblea?

–Harían mejor en regresar al pueblo y dejarnos hacer libremente.

Doña Crisanda se interpuso en la conversación:

–¿Cómo dice?

–He propuesto el rezo del santo rosario, pero el cabo pone inconvenientes.

–Padre nuestro que estás en los cielos...

–No, doña Crisanda; ahora, no.

–Es domingo –recordó la ciega– y tocan los misterios gloriosos; pero en atención a los difuntos rezaremos los dolorosos. ¿Se sabe quiénes son?

–No, hasta que los identifiquen a todos.

Doña Crisanda reclamaba puntual información y preguntaba incesantemente; aunque privada de la vista, el hecho de estar allí le convertía en testigo de excepción, porque respiraba el ambiente de la tragedia, olfateaba el drama, y sacaba conclusiones, por intuición, mucho más sustanciosas que las derivadas de un relato posterior.

–También son manías puñeteras –gruñó Justino *el Borau.*

Los del pueblo echaban su cuarto a espaldas discutiendo las características del accidente.

–Te digo que han sido los frenos.

–Pudo deslumbrarle otro coche.

–No, porque su derecha iba pegada a la montaña, sin peligro, y fue a caer por el lado opuesto.

–¿Y si le dio un ataque al corazón?

Barajaban múltiples cábalas, mientras la Guardia Civil quemaba la mañana en lentas diligencias.

El guardia Longás dijo que aquellos muertos, el que asomaba la cabeza por la ventanilla y el que tenía la mano colgando, habían quedado en unas posturas harto difíciles como para registrarles los bolsillos de sus indumentarias respectivas, en busca de documentos que sirvieran para la pertinente identificación, y el guardia Martínez hizo causa común con el guardia Longás, tendremos que esperar al juez y que ordene el desguace del vehículo.

El cabo Senante enarcó las cejas incrédulo:

–¿El desguace?

–Sí –explicó el guardia Longás, perfectamente compenetrado con su compañero–. Sólo así podremos rescatar sus cuerpos de entre las chapas y los hierros retorcidos.

–Yo no les pido ahora que rescaten sus cuerpos, sino su documentación.

–Tampoco podemos acceder al interior del coche.

–Prueben de nuevo.

El guardia Longás y el guardia Martínez volvieron cariacontecidos junto al vehículo destrozado, tenemos la negra, se quejó el guardia Longás, siempre nos toca a nosotros, y se quedó mirando la cabeza ensangrentada que asomaba por la ventanilla, la boca entreabierta, y dio unos pasos atrás, asustado.

–¿Qué haces? –le preguntó el guardia Martínez.

–Mira. ¿No te infunde respeto?

–Claro.

–Hay que apartarle la cabeza para meter la mano y proceder al registro, rígido como está.

—¿Y quién se atreve a introducirse por la otra ventanilla, con la mano colgando? —alegó el guardia Martínez.

Se miraron asustados. Después de presenciar tantos accidentes, aquél se les ponía cuesta arriba, quizás por el largo período de tiempo transcurrido desde que se produjo hasta que lo descubrieron. La imagen de la muerte cambia con el tiempo, los minutos y las horas: uno parece dormido cuando se le para el corazón y su aspecto de muerto es dulce, inspira ternura, amor; una hora después adquiere rigidez el cuerpo, con palidez extrema, y sólo inspira respeto, y al cabo de varias horas, cuando la mueca final se viste de azul cadavérico, el respeto se trueca en miedo y pavor.

—¿Qué hacemos? —preguntó el guardia Longás.

—Quedarnos aquí, disimulando, en espera de que llegue el juez —respondió el guardia Martínez.

—El cabo está impaciente.

—Acércate, que nos vea ocupados.

—¿Cómo?

—Maniobra con las chapas y los hierros, dando la sensación de que trabajamos en lo nuestro.

Así lo hicieron, absorbidos aparentemente por su difícil tarea, en tanto que el cabo Senante Gómez Requena tomaba nota desde la piedra sobre la que permanecía sentado, atento a los mínimos detalles para que el teniente tuviera cumplida constancia del suceso.

Mosén Hilario elevó sus ojos al cielo, Dios mío, acógelos en tu seno, y los monaguillos le imitaron. Doña Crisanda siguió susurrando oraciones por su cuenta, entre pregunta y pregunta, con Rosario Fanlo Suelves, alias la Loba, a su lado, diciendo así sea.

El cabo Senante Gómez Requena se ocupó en reconstruir los hechos y rellenar aquellas catorce horas de vacío, desde las ocho y diez de la noche a las diez de la mañana, porque cada vez se aferraba más a la idea de que los cuatro hombres cayeron con vida, extremo que se podía demostrar en tres de ellos, de manera más contundente e inequívoca en Antonio Ramos Fernández, hijo de Antonio y de Casilda. La verdadera tragedia –así razonaba el cabo Senante– no se derivaba del accidente propiamente dicho, sino de la agonía de los cuatro ocupantes del vehículo a lo largo de catorce horas, aunque debieron de ser menos, puesto que habían fallecido ya al ser descubiertos por los pescadores. De cualquier modo, tendrían que contar por horas, ya sumaran cinco, ocho, diez o catorce, cifras éstas que podría determinar con exactitud el médico forense tras la práctica de la autopsia. También dictaminaría si las heridas sufridas eran mortales de necesidad o, por el contrario, murieron desangrados por no recibir asistencia a tiempo. Sólo entonces brillaría la luz sobre tanta noche. De cualquier modo, resultaba prácticamente imposible llenar aquel vacío incógnito, por mucho que dejara volar la imaginación, los cuatro hombres sumergidos en el abismo de su soledad desesperada, atrapados entre las chapas y los hierros del coche, sangrando, realizando esfuerzos sobrehumanos por liberarse, agonizando de sed junto al agua. El cabo Senante Gómez Requena miró impresionado aquel montón de chatarra en cuyo interior yacían los cuerpos de tres hombres, y sintió un sudor frío corriéndole por la frente. Sacó el pañuelo para limpiarse; lo llevaba empapado. El sol apretaba lo suyo, aunque dudó en si cabía culpar al sol en exclusiva, porque también contaba el agobio del momento, más allá de la rutina, ya que concurrían circunstancias especiales que deberían ser esclarecidas. La misma gente congregada en el río era distinta a la que asiste a contemplar un accidente normal, para saciar una simple curiosidad morbosa, aunque nada tiene de normal un accidente, por insignificante que sea. Para colmo, el cura empeñado en rezar el rosario, no se le ocurrirá en mi presencia, que recen en silencio conforme corresponde, que la muerte no es un espectáculo para echar las campanas al vuelo, aunque las echen siempre.

Abrió la carpeta para contemplar nuevamente la fotografía de la niña sonriendo desde la profundidad de sus ojos azules, y se entretuvo imaginando también la dimensión de la tragedia, con sus derivaciones insospechadas y hechos concurrentes, y pensó que aquellos cuatro jóvenes bien podían figurar entre los que andaban buscando de la despedida de soltero, el novio incluido; tan sólo uno estaba casado, Ramiro Álvarez Mesa, hijo de Tomás y de Virginia, padre de aquella niña de sonrisa eternizada. Recordaba las palabras del alguacil, la boda es a las doce, dentro de pocos minutos, ilusión de blanco que podría quebrarse violentamente en mil pedazos.

Antonio Ramos Fernández, hijo de Antonio y de Casilda, insistió mucho en este punto:

–Te casarás de blanco.

–¿Importa el color? –preguntó Mercedes.

–Sí, claro que importa, por cuanto es símbolo de pureza. A ver si aprenden.

–De todas formas, sólo es un ritual.

Fueron de compras, combinando gustos y colores; eligieron juntos incluso la ropa interior, que los cursis llaman íntima. Sin embargo, no le dejó ver el traje de novia, su vestido blanco.

–Da mala suerte.

Una superstición como otra cualquiera, porque la suerte no puede sustentarse o depender de una simple manía, de ver o no ver un vestido de novia, de pasar o no pasar bajo una esca-

viento amainando, con el silencio solemne que precede siempre a las grandes mutaciones de la naturaleza. Después, avanzada la noche, otra vida y otro despertar con ese otro silencio lera o de levantarse con el pie izquierdo o el derecho. Antonio transigió, porque además se trataba de una tradición, el novio no debe ver a la novia hasta la iglesia.

–No me hagas esperar –dijo–; tenemos que ser puntuales.

En los días precedentes a la boda multiplicaron sus actividades completando asimismo el amueblamiento y decoración del piso; ni un solo instante vivieron separados, a excepción de las horas de la noche, que las dedicaban a reponer fuerzas para el día siguiente.

–¿Tantos preparativos lleva una boda? –preguntó Antonio.

–Sí, cuando es para toda la vida.

Se miraron a los ojos y sonrieron. Hablaban con total seguridad y convencimiento pleno. La boda constituía una concesión a los demás, en cierto modo, para hacerles partícipes de su propia felicidad. Miraron por las familias y sus allegados. ¿Qué más da, si nos queremos? Pasaron por alto cualquier convencionalismo con tal de alejar posibles sombras o dudas oscureciendo el horizonte.

Discutieron únicamente con motivo de la despedida de soltero, algo innecesario según Mercedes, a no ser que celebremos la fiesta conjuntamente. Pero Antonio impuso sus razonamientos en aras de la costumbre, una vez más, y convenció a Mercedes con el argumento de la montaña.

–¿Por qué esperar a la víspera?

–Para que sea una despedida de verdad.

Soñaban con aislarse un día en la montaña, colgar su casa de cualquier abismo, habitar una borda en cualquier valle perdido, arriba siempre, para descubrir cada jornada el amanecer del mundo y aspirar la serenidad de los ocasos, la tierra quieta, el

sonoro difícil de traducir. Lo observaron juntos en repetidas ocasiones: en la noche viajan gritos humanos, extrañas voces de procedencia desconocida.

El cabo Senante Gómez Requena sacó un cigarrillo, lo prendió y empezó a fumar parsimoniosamente, paladeando con fruición cada bocanada de humo, con la mirada en aquella gente del pueblo que había abandonado sus casas y sus obligaciones para satisfacer una curiosidad malsana, en espera de que rescataran los cuatro cadáveres allí presentes, de *córpore insepulto* como diría el cura, empeñado en distorsionar con sus rezos los trabajos de rescate.

–No podrán sacarlos del coche, si no cortan la chapa.

Así opinó el herrero del pueblo, Felipe Iguacel, alias el Ferrero.

Justino *el Borau,* que había presenciado más de un accidente, pero con menos muertos, le miró incrédulo:

–¿Tú crees?

–Sí, necesitarán un soplete.

–¿Por qué no vas a buscarlo?

–Eso no es cosa mía.

Doña Crisanda preguntó qué pasaba allí, todos tan callados, y le respondieron que estaban esperando a que llegara el juez con el forense para levantar los cadáveres.

–Rosario, ¿dónde te metes?

–Aquí, doña Crisanda, a su lado.

–Dime qué hacen ahora.

–¿Quiénes?

–Los guardias civiles.

–El cabo ha empezado a fumar, sentado sobre una piedra;

una pareja inspecciona los restos del coche, donde hay tres cuerpos aprisionados, y tres guardias más vigilan para impedir que nos acerquemos demasiado.

–¿Van armados?

–Sí, con metralletas.

–¡Jesús!

El cabo Senante Gómez Requena terminó de fumar y se puso en pie para observar las alturas, por donde discurría la carretera; pero el teniente no daba señales de vida, ocupado seguramente en la localización del juez y el médico forense. Quizás se habían desplazado a otro accidente, lo que no era para extrañar en un día festivo. Aprovecharía aquel tiempo en ordenar sus notas, de manera que volvió a tomar asiento, abrió la carpeta y se puso a escribir, considerando que de la inspección ocular practicada en la carretera (él no la había practicado, pero era igual, porque confiaba en el testimonio de las dos parejas últimamente incorporadas), así es que prosiguió diciendo que de la inspección ocular practicada en la carretera se desprende que el vehículo siniestrado no dejó sobre el asfalto las marcas propias de un brusco frenado, por lo que se deduce que no frenó, y ello nos conduce a la hipótesis de que se despeñó precisamente por falta de frenos o pérdida de control, extremos estos que deberán confirmar los expertos, si bien el coche no ha quedado apto para verificar en él según qué comprobaciones y menos aún la relativa al funcionamiento de los frenos, salvo que se observase en los mismos alguna deficiencia anterior al accidente, por lo que había necesidad de contemplar también la segunda hipótesis que se refiere a la pérdida de control del vehículo, lo que hubiera podido confirmar el conductor en el caso de no haber encontrado la muerte a causa del susodicho accidente, sólo que varias horas después, lo cual es también perfectamente demostrable. (Lo de varias horas después –aclaró el cabo Senante entre paréntesis– se desprende de la posición en que fue encontrado el cadáver, a veinte metros aproximadamente del coche, con señales evidentes de haberlos recorrido arrastrándose penosamente sobre las piedras del río; de todas formas, dejo ello al mejor criterio, en su momento, del médico forense.) Así, pues, concluimos que la causa del accidente sólo pudo ser rotura de frenos o pérdida de control, por fallo, asimismo, de la dirección, si bien hay que contemplar de la misma manera que la mencionada pérdida de control fuera provocada por exceso de velocidad o despiste del propio conductor, a no ser que se trate de un suicidio colectivo o de un asesinato múltiple cuidadosamente preparado. El cabo Senante Gómez Requena se detuvo unos instantes en este punto y aprovechó para secarse nuevamente el sudor, que bien pudiera ser fruto de su imaginación calenturienta, aunque lo importante para él era ir atando cabos y redactar el informe lo más completo posible para entregárselo al teniente. «En base a este informe –dijo para sí– se redactará el atestado.» Después siguió escribiendo que lo recomendable, de todas formas, sería abrir una investigación para aclarar el hecho en sí, ya que el mismo presentaba demasiadas lagunas, una de ellas la concerniente a la hora en que se produjo el accidente y la hora en que fue descubierto por los pescadores Luis Gazulla Lahoz, Enrique Aladrén Lahuerta y Domingo Latorre Gracia, a los que, por cierto, había que agradecer los servicios prestados; el lapso de tiempo transcurrido, catorce horas menos diez minutos, se prestaba a múltiples y diversas conjeturas, una de ellas, sustentada con fuerza por el que suscribe, se basa en que las cuatro víctimas se encontraban todavía con vida cuando cayeron al río, y que fue en este lugar final de su trágico despeñamiento donde sufrieron penosa agonía y muerte, con imposibilidad de establecer cómo se produjo el desenlace fatal, lo que nos ayudaría, evidentemente, al mejor esclarecimiento del suceso. Por desgracia, cuando el que suscribe, cabo primero Senante Gómez Requena, llegó al lugar del accidente en compañía del guardia segundo Narciso Longás Aineto, ya era tarde para prestar auxilio a las víctimas, cuyo fallecimiento, a falta del dictamen forense, debió de producirse en distintas horas de la noche y de la madrugada. Con el mayor respeto y consideración, propongo que se dictamine la verdadera causa de la muerte de todos y cada uno de los cuatro pasajeros del automóvil siniestrado, única manera de arrojar luz sobre tanta oscuridad. El cabo Senante se tomó un respiro para releer lo escrito y debió de quedar profundamente satisfecho de la lectura, a juzgar por la sonrisa que esbozó, abierta y plácida. Miró a la gente formando cerco en torno a la muerte y quiso dejar constancia de la colaboración prestada por el pueblo de Villanúa, que se echó a la calle tan pronto como conoció la noticia, si bien luego se limitó a curiosear, por cuanto nada había que hacer, excepción hecha de Isidoro Cantín Almudévar, el alguacil, que se quedó al cuidado del Ayuntamiento, aunque luego también se personó en el lugar de autos (dudó sobre la propiedad de este vocablo y lo dejó porque daba mayor consistencia jurídica al informe) para dar cuenta de una llamada telefónica, en forma de requisitoria, sobre varios invitados de una boda, los cuales llevaban sin aparecer desde la tarde anterior en que se desplazaron a estos bellos parajes para celebrar la despedida de soltero, con la particularidad de que el novio se encontraba entre los desaparecidos, minutos antes de la boda anunciada para las doce, y el alguacil me informó de lo antedicho a las once y cincuenta y tres (las doce menos siete). Relato este incidente por si guarda alguna relación con el caso que nos ocupa, con lo cual se le añadirá un valor superior al anecdótico, toda vez que el novio podría encontrarse entre los muertos y en ese caso ya no sonarán para él las doce campanas de la boda.

El cabo Senante Gómez Requena se interrumpió al escuchar el primer tañido del reloj de la torre parroquial, tocando las doce, admirándose por la coincidencia, cómo es posible tanta coordinación, justo al mediodía, con el blanco de la luz estallando en el paisaje.

Mosén Hilario se persignó en la hora del ángelus y comenzó a rezar en voz alta:

–El Ángel del Señor anunció a María.

Tercera parte

Pedro Jarabo Aspas, hijo de Pedro y de Consuelo, veintiséis años, soltero.

–... Y concibió por obra del Espíritu y Santo.

Mosén Hilario se salió con la suya para desesperación del cabo Senante Gómez Requena, que se levantó y dijo basta, no quiero rezos aquí, ¿me oyen?

–¡No quiero rezos aquí! –alzó al máximo su tono de voz para que le oyeran.

Varios siseos le invitaron a callar, conminándole, no interrumpa ahora el rezo del ángelus, y Rosario Fanlo Suelves, alias la Loba, le llamó hereje, de manera que el cabo Senante tuvo que soportar el rezo completo, con las avemarías reglamentarias y los glorias, ahora y en la hora de nuestra muerte, amén, por los siglos de los siglos, sin que por ello pudiera decir que se disipara la amenaza del rosario, porque mosén Hilario seguía en su puesto escoltado por los monaguillos portando los santos óleos.

Contempló las evoluciones del guardia Longás y del guardia Martínez en torno a los restos del automóvil, con los tres muertos dentro, dos de ellos sin identificar, y se acercó para comprobar las razones de tanta demora.

–Mire aquella cabeza –señaló al guardia Longás.

–Sí, ya la veo.

–Mire aquella mano.

–¿Qué tiene de particular? Parecen primerizos.

El cabo Senante Gómez Requena se agachó para inspeccionar el interior del vehículo, entre chapas y hierros retorcidos, la sangre manchándolo todo.

–Necesitaremos un soplete para sacarlos –apuntó el guardia Martínez.

–Yo no he dicho que los saquen, sino que los identifiquen.

–¿Quién aparta esa cabeza? –preguntó el guardia Longás.

–Pasen a través del parabrisas o empiecen por el de atrás. Olvídense de la mano. Vamos.

El guardia Longás y el guardia Martínez dieron otra vuelta completa al vehículo, siguiendo los pasos del cabo Senante, y quedaron contemplando la mano que colgaba por la ventanilla, paralizados por el tétrico espectáculo que se ofrecía a sus ojos, sin arrestos para intervenir.

–Venga, ¿qué esperan? –les espoleó el cabo.

–¿Qué hacemos con esa mano?

El cabo Senante la asió en presencia de sus subordinados, para enseñarles cómo se perdía el respeto a la muerte en aras del deber, prueben ahora, e intentó devolver la mano del muerto a su posición normal, junto con el brazo, pero no pudo debido a la rigidez del miembro, trabado en la ventanilla.

–Introdúzcanse por el hueco –ordenó– y registren los bolsillos de la víctima.

–¿No puede retirar la mano? –preguntó el guardia Longás.

–No. ¿Qué importa?

El guardia Martínez, más decidido, alargó el brazo y lo metió por la deforme ventanilla, sin mirar, y tropezó con el rostro del muerto, duro como una piedra, y le fue bajando la mano por los hombros, luego por el costado, tanteándole los bolsillos de su indumentaria, hasta que dio con una superficie sólida, la agarró bien y tiró de ella, pero sus esfuerzos resultaron vanos. Entonces buscó la abertura del bolsillo con los dedos y ante lo infructuoso del empeño dio otro tirón mucho más violento que el anterior y el muerto se le subió para arriba, golpeando su cabeza contra la chapa del aplastado techo del vehículo.

–¿Qué hace? –inquirió el cabo Senante.

–Tengo su cartera agarrada, pero no puedo sacarla.

–¿En qué bolsillo?

–En el de la chaqueta.

–Compruebe si lo tiene cerrado.

El guardia Martínez tanteó los botones y dio al fin con el correspondiente al bolsillo interior que le preocupaba, lo desabrochó y se hizo con la cartera.

–Aquí está –dijo con acento triunfal.

–¿Lo ve?

El cabo Senante se dirigió al guardia Longás y reparó en que aún tenía sujeta la mano del muerto, como si así concitara las posibles represalias derivadas del complejo cacheo. La soltó con un gesto de repugnancia, aprensivo, y fue a lavarse al río.

El guardia Martínez entregó la cartera al guardia Longás y éste se fue directo al cabo Senante.

–Aquí tiene.

–¿Nombre?

–Pedro Jarabo Aspas, hijo de Pedro y de Consuelo, veintiséis años, soltero.

–Asegúrese si se trata del mismo que figura en el documento.

El guardia Longás miró de reojo a la ventanilla trasera del lateral izquierdo del coche, con el documento de identidad en la mano, y dijo maquinalmente:

–Sí, es el mismo.

El cabo Senante Gómez Requena abrió su carpeta y apuntó: Pedro Jarabo Aspas, hijo de Pedro y de Consuelo, veintiséis años, soltero, y reclamó la cartera del susodicho, tal como escribiría después en el informe, a fin de relacionar los restantes documentos, un permiso de conducir, dos fotografías de carné, varias tarjetas y un décimo de lotería caducado, además de dinero en metálico que el cabo Senante contó dos veces consecutivas, para no equivocarse, y luego anotó la cifra en el informe, metió la cartera en su carpeta y se encaminó de nuevo a su puesto de observación.

Los del pueblo quedaron en silencio, expectantes, a la espera de recibir noticias sobre las nuevas diligencias practicadas, y se decepcionaron al comprobar cómo el guardia Longás, cómo el guardia Martínez, continuaban afanados en su tarea de abrirse paso entre las chapas y los hierros retorcidos del vehículo, y los tres guardias restantes apuntando con las metralletas, como si temieran una invasión de aquella tierra de nadie.

–¿Qué pasa ahora? –preguntó doña Crisanda.

–Han conseguido identificar a otro de los muertos –le fue informando Rosario *la Loba*–, el que asoma la mano por la ventanilla.

–¿Quién es?

–No lo han dicho. El cabo se ha quedado con los documentos en una carpeta y otra vez se le ve sentado sobre la piedra.

–¡Jesús!

Justino *el Borau* las tachó de alcahuetas, con tanta conversación, y Felipe Iguacel, alias el Ferrero, repitió que necesitarían un soplete para sacar de allí los cadáveres.

Mosén Hilario se situó junto al cuerpo que yacía sobre las piedras del río, cerca de doña Crisanda y de Rosario *la Loba,* imploró la protección divina para el infortunado y ordenó a los monaguillos que le espantaran las moscas con los santos óleos, a falta de algo más aparente, de dónde habrán salido tantas moscas, se preguntó, acudiendo al olor de la sangre, cuándo vendrá el juez a levantar los cadáveres. Los monaguillos escoltaban al muerto además de a mosén Hilario, con la cabeza vuelta hacia un lado, porque les daba náuseas y se ponían a morir con la contemplación de tanto horror.

Pedro Jarabo Aspas, hijo de Pedro y de Consuelo, escribió el cabo Senante Gómez Requena, identificado a las doce y siete minutos del mediodía, poco después de la hora anunciada para la boda. Repasó lo escrito y buscó la relación entre uno y otro hecho. «Quizás se trata del novio», especuló. En la redacción del informe había que aportar los detalles completos, por insignificantes que parecieran, ya que nunca se sabe dónde puede encontrarse el hilo que conduce al ovillo, de manera que la investigación da giros imprevisibles cuando menos se piensa. Por la postura de la mano, colgando de la ventanilla, cabe suponer que el citado Pedro Jarabo Aspas, hijo de Pedro y de Consuelo, terminó asimismo con vida al caer al río, porque de lo contrario no se concibe el hecho de sacar la mano así, agarrándose a la última esperanza que se le negaba, ya que después de las vueltas de campana dadas por el coche –las cuales podrían establecerse con exactitud con sólo verificar el recuento de los distintos golpes acumulados en la carrocería–, no hay ser humano capaz de soportar la violencia del accidente con la mano sacada por la ventanilla, por lo que se llega a la conclusión de que esa mano constituyó, sin duda, el último grito de vida dado por la víctima, en solicitud de ayuda, mano implorante que sólo recibió como respuesta silencio y muerte.

Pedro Jarabo Aspas, hijo de Pedro y de Consuelo, sintió que Antonio se alejaba y quiso retenerlo. Los ruidos de cristales, primero, y la chapa del capó crujiendo, después, anunciaron que Antonio había logrado liberarse definitivamente. Pedro sacó la mano por la ventanilla, pensando que así se dejaría ver mejor –clareaba la primera luz del alba– y llamó angustiado:

–Antonio, ¿dónde estás?

–Iré a buscar ayuda –la voz de Antonio sóno más alejada, efectivamente–. Encontraré el pueblo.

Recordaba la violencia de los golpes y el estruendo ensordecedor de la chapa recibiéndolos de lleno; sus últimas palabras, mataos vosotros si queréis, y Antonio recomendándoles que se agarraran bien. Después, sólo vacío y noche. Probó a moverse y únicamente consiguió levantar su brazo izquierdo a la altura del respaldo del asiento delantero. Estaba empapado de sangre, su cuerpo bañado de cálida humedad; las piernas, atrapadas. Poco a poco se le fue apoderando el dolor. Notó la boca pastosa, con la sensación de que se ahogaba. Emitió un gemido al tragar la sangre detenida en la garganta. Unas manos le rozaron las piernas a la altura de las rodillas.

–Sí, están vivos.

Volvió a gemir molesto, con el agobio de la muerte en la garganta, y escuchó la voz de Antonio llamando a Ramiro, llamando a Pedro, y concentró todas sus fuerzas para responder con un débil susurro:

–Sí.

Antonio no le reconoció la voz, porque preguntó quién eres y él tuvo que decir su nombre, y entonces le preguntó también por Ramiro y él dijo parece que duerme ¿dónde estamos?, porque tenía conciencia del accidente pero ignoraba el lugar donde se encontraban, el sitio al que habían ido a parar, tragados estrepitosamente por la noche. Escupió la sangre de la garganta y pudo hablar con mayor claridad, el tono de su voz más alto.

–¿Dónde estamos?

–Hemos caído al río; desde aquí se escuchan los murmullos de las aguas.

Vivían los tres, a falta de Ramiro tan sólo, al que Antonio continuaba llamando desesperado.

Pedro giró su cuerpo, conteniendo el dolor, para alcanzar a su compañero de asiento con la mano izquierda, la única de la que podía servirse; le agarró por el brazo y no respondió al impulso.

–No responde –dijo, asustado.

–Pedro, ¿puedes moverte? –inquirió Antonio.

–Un poco, este brazo nada más.

–Intenta llegar a Ramiro.

–Ya lo intento, pero es muy difícil; ha caído del lado contrario, contra la portezuela.

Carlos apuntó la posibilidad de que Ramiro estuviera muerto y Pedro se estremeció. Habló de morir irremisiblemente, sin esperanza posible, sumidos para siempre en la oscuridad de la noche. Volvió la cabeza Pedro y trató de mirar a través de aquella ventanilla deforme, sin que sus ojos descubrieran un atisbo de claridad.

Pensó en el fatalismo del destino y recordó la actitud de Antonio momentos antes del accidente. «Ha querido matarnos y ahora está arrepentido.» Desechó aquella idea, alejándola de sí, cómo imaginar locura semejante. Le resonaban los golpes en la cabeza y buscó alivió apretándose la frente con la única mano útil. Sospechó de Antonio, incitándoles para que hablaran, provocándoles, sin duda porque ya no temía la revelación, la verdad, y sólo buscaba la manera de vengarse.

Pedro Jarabo Aspas, hijo de Pedro y de Consuelo, vivía en completa soledad. Sus padres le enviaron a estudiar a la capital y se quedó en ella definitivamente, una vez concluidos sus estudios. Conoció a Antonio y a Carlos a través de Ramiro; eran vecinos y frecuentaban el mismo bar. Desde entonces fueron inseparables, los cuatro juntos siempre. No faltaban bromistas llamándoles los tres mosqueteros, que eran más bien cuatro, como se sabe. Empezaron a distanciarse por culpa de Mercedes, por más que volvieron a reunirse al conjuro de su nombre. Las mujeres unen y desunen a los amigos. No sucedió jamás con Cecilia, aunque en este caso bien cabe hablar de la excepción que confirma la regla.

Percibió los forcejeos de Antonio, aprisionado entre el volante y el respaldo del asiento; su única obsesión era abandonar aquella trampa mortal.

Dobló de nuevo el cuerpo, venciéndolo hacia su derecha, para llegar otra vez hasta Ramiro, llevándole la mano al pecho, en busca de latidos del corazón; los detectó débiles, aunque acompasados rítmicamente, y anunció gozoso:

–Ramiro vive aún. Respira.

–Todos estamos vivos, todos –pareció alegrarse Antonio–. Pronto recuperará el conocimiento.

Carlos replicó con escepticismo, como si pretendiera demostrar con sus palabras la inutilidad del esfuerzo, lo imposible de la esperanza, en tanto que Antonio se aferraba a ella ilusionado, la boda será mañana, y Pedro se preguntó si no habría llegado ya ese mañana del que hablaba Antonio, porque ignoraba el tiempo en que permaneció inconsciente. Oyó los forcejeos de Antonio luchando por salir de allí; luego pidió un pañuelo a Carlos, sin duda para aplicárselo a las heridas, y al poco reanudó su molesto interrogatorio preguntándole cómo conociste a Mercedes, una obsesión enfermiza, después de semejante tragedia.

Pedro Jarabo Aspas, hijo de Pedro y de Consuelo, sorbió la sangre que le manaba de la garganta, carraspeó dejando también la saliva, impotente para otra cosa.

No tuvo con Mercedes más relación que la de aquella semana, cuando se la encontró en compañía de Ramiro.

–Vamos a casa –invitó–, vivo solo y a nadie molestaremos.

Mercedes y Ramiro aceptaron de inmediato y acompañaron a Pedro hasta su casa para tomar unas copas juntos. Mercedes reparó en lo desordenado del apartamento y dijo aquí se nota que falta la mano de una mujer, y Pedro se limitó a sonreír como disculpa. Le extrañó que Mercedes se preocupara tanto, por qué vivía solo en una ciudad tan grande, y Pedro le respondió que por egoísmo, para estar más independiente, la portera se ocupa de la limpieza y de hacerme la cama, todo normal.

–¿Dónde duermes?

–Ahí –señaló Pedro.

–Quiero ver tu habitación.

–Entra si quieres, nada tiene de particular.

Mercedes traspuso la puerta que le indicó Pedro, mientras Ramiro aprovechaba para decir:

–Te juro que no la entiendo.

–Déjala, es mejor.

Mercedes salió al poco con el ceño fruncido, demostración evidente de que no le había satisfecho el examen.

–Eres muy descuidado –opinó.

–Paso muy poco tiempo aquí.

–Razón para que te preocupes más.

Conversaron por espacio de una media hora sobre temas intrascendentes. Cuando se despidieron, Mercedes le miró a los ojos de manera significativa, eso sí que lo recordaba perfectamente, y Pedro no supo qué pensar, aunque le acudieron a la memoria las palabras de Ramiro, te juro que no la entiendo. Nada sabía de Mercedes por aquella época, salvo que salía con Ramiro, pese a que éste mantenía relaciones formales con Cecilia. La mirada dulce y maliciosa de Mercedes le avisó sobre la clase de amistad que Ramiro podía sentir por aquella mujer.

No le dio más vueltas a la cabeza, hasta que dos días más tarde, a las diez y media de la noche, sonó el timbre de la puerta de su apartamento, abrió y se encontró con Mercedes sonriéndole.

–Hola.

–Si buscas a Ramiro –dijo Pedro–, no ha venido por aquí.

–Ya lo sé –confirmó Mercedes, sin dejar de sonreír–. ¿Puedo pasar?

Pedro se hizo a un lado, confuso:

–Perdona, no había reparado.

Entraron directamente al salón y tomaron asiento. Pedro le ofreció de beber y Mercedes rehusó.

–Como quieras.

–He roto con Ramiro –dijo.

–¿Cómo ha sido? –inquirió Pedro.

–No estábamos enamorados, y Cecilia, su novia, se ha enterado de todo. No había razón para prolongar lo nuestro.

–Es verdad.

–¿Me permites que arregle tu habitación?

–No comprendo –respondió Pedro, dudando.

–¿Sí o no?

–No voy a privarte de ese capricho.

Mercedes se puso en pie y se dirigió a la habitación de Pedro, ante la mirada asombrada de éste, incapaz de asimilar tan extraña situación. Quedó a la espera, pendiente de que Mercedes terminara su tarea y le llamara; no se atrevía a entrar con ella dentro. Al cabo del tiempo recordaría lo absurdo de su timidez, aunque daba excelentes resultados en mujeres como Mercedes.

Se sobresaltó cuando oyó que le llamaba:

–Entra.

Mercedes le aguardaba con la misma sonrisa de antes, dulce y maliciosa, completamente desnuda sobre la cama.

–Ven, se está bien aquí.

Todavía le parecía verla, sensual y provocativa. Pedro debió de ruborizarse, porque sintió que le abrasaban las mejillas. Le vino a la memoria entonces, al tiempo que Antonio repetía me casaré con Mercedes, la boda es a las doce, y se preguntó si su proceder fue normal o no. ¿Qué hubiera hecho otro hombre en su lugar? Dejarse arrastrar por Mercedes, poseerla –¿o acaso dejarse poseer?–, tomar lo que se le ofrecía de forma tan insólita como generosa.

Después conversaron largamente.

–Tú también estás solo –le dijo Mercedes.

Pedro asintió, sí, muy solo, y Mercedes lo tomó en sus brazos casi maternalmente, susurrándole frases que Pedro no comprendió.

–Me dí cuenta desde el primer momento.

–¿De qué?

–De tu soledad.

–Todos nos sentimos solos alguna vez.

–¿También ahora?

–No; ahora, no.

Le pidió que no se confundiera con ella, ni la juzgara equívocamente, desde la óptica exclusiva del hombre, porque ella buscaba la pureza absoluta en el amor entrega-posesión.

Pedro la escuchaba asombrado, sin que le desaparecieran la confusión y el aturdimiento que todo ello le producía, sin atreverse a opinar, porque nacemos libres sexualmente, argumentaba Mercedes, y de nada sirve que después nos coloquen las ataduras y mordazas de una falsa moral, cuando resulta que yo sigo siendo pura a pesar de todo, ¿lo entiendes?, y Pedro asentía sin entender una sola palabra.

Aquello duró seis días, ni uno más ni uno menos, hasta que Mercedes descubrió que la soledad de Pedro no se curaba en la cama. Una tarde desapareció tal como había llegado, tras dejar perfectamente ordenado –eso sí– el apartamento. «No es una puta –razonó Pedro–, sino una mujer que hace su voluntad en todo.»

No volvió a saber de Mercedes hasta el anuncio de la boda y

entonces temió lo peor, con Antonio convertido en la víctima final. Aunque tampoco podía vanagloriarse de conocer a Mercedes en sólo seis días, dada su compleja y controvertida personalidad, de ahí que el hecho de conocer en el sentido bíblico represente bien poco a la hora de la verdad. Ramiro elogió siempre la sinceridad de Mercedes, enemiga de engaños y componendas; pero Pedro no llegó a tratarla tan profundamente como para estar en condiciones de emitir opinión siquiera aproximada; simplemente se dejó llevar, feliz con el hallazgo y el regalo que se le hacía.

No se atrevió a juzgar a Mercedes por su comportamiento de aquellos días, aunque dedujo que era una mujer por la que habían pasado muchos hombres, sin conceder a este hecho la mínima importancia, más bien ninguna, a diferencia de los demás, la inmensa mayoría, que a buen seguro condenarían una actitud semejante, con Mercedes en la hoguera, llenándola de insultos e improperios, pasando por alto sus virtudes, sin tener en cuenta que probablemente se trataba de una enferma de furor uterino, aunque Pedro desechó bien pronto este diagnóstico, por cuanto Mercedes no se iba con cualquiera ni pensaba obsesivamente en el acto sexual. Poseía un autodominio increíble, aunque respondía siempre a los impulsos de su sinceridad proverbial, nata; tomaba sus decisiones consciente de lo que hacía.

Cuando Pedro tuvo noticia de la boda se debatió en un mar de confusiones, convencido como estaba de que Mercedes, con todos sus encantos y virtudes, no servía para casada por culpa de su pasado inaceptable.

Ramiro, en cambio, opinaba de distinta manera:

–Todo depende del amor –dijo.

–¿Del amor?

–Sí, yo me hubiera casado con ella.

–¿Estás seguro?

–Completamente.

A Pedro Jarabo Aspas, hijo de Pedro y de Consuelo, le danzaban las frases y las imágenes en tropel, pendiente de Ramiro, a su lado, en espera de que aquellos débiles latidos se trocaran en vida real. Tragó otra bocanada de sangre antes de anunciar la reacción favorable de Ramiro, tras comprobar que se movía.

–Se ha movido; sí, se ha movido.

–Háblale –le recomendó Antonio.

–¡Ramiro!

Le llamó varias veces y la única respuesta fue un suspiro hondo. Pero insistió, hasta que la voz de Ramiro sonó entrecortada, con la pregunta de rigor, qué ha pasado, y Antonio le explicó hemos sufrido un accidente, pero no te preocupes, pronto vendrán a buscarnos, y Ramiro volvió a responder con el silencio.

–Pronto vendrán a buscarnos –dijo Antonio–. Lo importante es que sigamos vivos. ¿Puedes valerte?

De nuevo se escuchó la voz de Ramiro, profundamente debilitada:

–No.

–¿Qué te duele?

–Todo.

–Prueba a mover los brazos.

–No los siento siquiera.

Concluyó con un suspiro hondo, y Pedro Jarabo Aspas, hijo de Pedro y de Consuelo, alcanzó a darle unas animosas palmadas en el hombro, mientras Antonio redoblaba sus esfuerzos por liberarse.

–Tenemos que hacer algo, salir de aquí, vencer el dolor.

Miró fijamente al exterior, con la vana esperanza de descubrir una luz, y sólo distinguió sombras, unas más intensas que otras. El silencio se llenaba con el croar de las ranas en las charcas del río y el cricrí de los grillos en la montaña. Noche sin luna, abierta exclusivamente a la oscuridad sin límites. Las aguas discurrían próximas, a juzgar por los murmullos. Escupió el sabor pastoso y acre de la sangre y sintió sed.

–¿Cómo lo has conseguido, Carlos?

Imaginó a Carlos fuera de los restos del coche, a salvo, cuando gritó me ahogo, no puedo respirar, allí mismo, sobre su asiento, prisionero aún de las chapas y los hierros retorcidos.

Ramiro repitió su agónico suspirar y sentenció la situación con estas palabras entrecortadas y temblorosas:

–Es inútil; vamos a morir.

Se contagió Pedro, porque añadió a continuación:

–Nadie vendrá a buscarnos.

Carlos se encontraba con evidentes dificultades respiratorias, porque siguió quejándose diciendo me ahogo, sin escuchar las palabras de ánimo que le dirigía Antonio, a punto de abrir hueco para poder abandonar la trampa donde se hallaba metido.

–Aguanta, Carlos, aguanta.

Pedro pensó que todos aquellos esfuerzos acabarían resultando vanos; tan sólo cabía albergar la esperanza de que alguien descubriera el accidente y se apresurara a prestarles los auxilios necesarios.

–Buscaré ayuda, pediré auxilio.

La lucha denodada de Antonio por salir de allí le pareció a Pedro tan admirable como ineficaz, con el nombre de Mercedes repetido a cada instante, hablando de la boda –¿qué boda?–, cuando la vida se les escapaba a chorros.

Ramiro empezó a delirar:

–Cecilia, Cecilia...

–La boda no se demorará –masculló Antonio por toda respuesta, obsesionado con su idea.

–Calla –se oyó decir a Carlos con voz ronca.

–Mercedes irá de blanco, pero no ha querido enseñarme el vestido; hay quien asegura que da mala suerte.

Todo el tiempo a vueltas con lo mismo, tú me la presentaste, ¿recuerdas?, y Carlos pidiéndole olvídalo, es como todas, entre toses espasmódicas, la voz cada vez más ronca, hasta convertirse en estertor.

Pedro temió el fin, ante las llamadas sin respuesta de Antonio. Carlos se reintegró al silencio de la noche sin más testimonio de vida que su respiración jadeante.

–Ha muerto –sentenció Ramiro.

–No, sólo es un desmayo –quiso convencerse Antonio.

Fue entonces, en aquel preciso instante, cuando Pedro vio una luz en el río, alborozado, un resplandor que se acercaba rápido para luego convertirse en destello.

–¡Una luz! –gritó–. ¡He visto una luz!

–¿Dónde? –inquirió Antonio, ilusionado.

–Ahí, en el suelo.

–¿Seguro?

–Sí, seguro.

La ilusión se desvaneció con las propias palabras de Antonio hablando de los faros de algún coche reflejándose en las aguas, no cabía explicación más lógica, porque la luz desapareció en unos segundos y ya no se volvió a saber de ella.

–Ayúdame, Pedro –le pidió Antonio.

–Estoy atrapado y sólo puedo valerme del brazo izquierdo.

–¿Y tú, Ramiro? –continuó insistiendo Antonio.

–No merece la pena.

Pedro admitió, no obstante, que si Antonio lograba salir del coche todo sería distinto. Se aferraba a esta hipotética posibilidad, porque intuía, como Antonio, que el pueblo quedaba próximo, aunque las luces de las casas no se hicieran visibles desde allí. La montaña ofrece esas características especiales, los pueblos surgen detrás de una loma, como una aparición, al doblar una curva de la carretera, salpicados aquí y allá para sorpresa del viajero.

Ramiro preguntó cuántas horas habían transcurrido desde el accidente y Antonio no supo responderle, porque no podía ver la esfera de su reloj de pulsera regalo de Mercedes.

–No encuentro la linterna –dijo Antonio–, nos serviría para hacer señales. ¿Dónde llevaba yo el mechero? ¿Podéis darme algún mechero o cerillas?

–¿Cómo?

–No tenemos luz, ni fuego.

Pedro buscó inútilmente con la única mano que le quedaba libre. Dobló su cuerpo hacia la derecha para registrar asimismo los bolsillos de su compañero de asiento, con resultados negativos.

–Un cigarrillo vendría bien ahora –musitó Ramiro.

A Pedro le sorprendió aquel deseo, él no fumaba y por eso mismo no podía comprender la acción benefactora de un cigarrillo en momentos semejantes, cuando había que realizar esfuerzos sobrehumanos para soportar el dolor, con la muerte sobre sí, acechando; alimentar esperanzas e ilusiones, quizás, convertidas en humo después, sin más provecho para nadie. Deleite dudoso, basado en la autosugestión y el engaño. Pedro veía a los fumadores como a los que se dejan la barba o el bigote, con una personalidad añadida.

Mercedes tampoco fumaba.

–Ya ves que tenemos algo en común.

–Sí.

–Yo no necesito fumar para superar mis complejos.

Siempre la misma seguridad sobre sí, en contraste con la timidez de Pedro.

–La timidez no es defecto ni falta de valor –le dijo ella–, tampoco inseguridad, sino el resultado de vivir hacia adentro más que hacia afuera, y el secreto consiste en equilibrar ambas energías.

Aún le resonaban en los oídos las palabras de Mercedes, con la presencia de un pasado que deseaba olvidar; pero el ayer se ponía en pie con la misma intensidad que el dolor, negando la posibilidad del presente y más aún la del futuro.

–¿Eres religioso? –se interesó Mercedes.

–Según. Sí –dudó–, en el fondo creo que soy profundamente religioso.

–Claro, en el fondo –ironizó Mercedes.

No supo nunca el porqué de aquella pregunta, a no ser que guardara relación con su comportamiento. Su introversión, causa de la timidez, creaba extraños recovecos en lo más íntimo del ser, y a Mercedes le gustaba profundizar en el análisis del más allá de cada uno. Pero seis días no daban margen para un estudio concienzudo de la personalidad de cada cuál, por muy intensamente que los hubieran vivido.

Se llevó la mano a la frente, que parecía abrírsele de tanto peso. La sangre le taponó la garganta y carraspeó insistentemente hasta que pudo respirar de nuevo con normalidad; le dolía la mandíbula y relacionó este dolor con la procedencia de la sangre, a causa probablemente de una herida interna.

No terminaba de acostumbrarse a la oscuridad por más que procuraba adaptarse a ella, con los ojos clavados en la noche. Tan sólo llegó a distinguir difusamente la silueta de Antonio ante sí, moviéndose inquieto, forcejeando, y Carlos a su lado, sacando la cabeza por la ventanilla para llenar de oxígeno sus maltrechos pulmones. En cambio no podía distinguir a Ramiro, junto a él, aliado con el silencio y la oscuridad.

Pedro Jarabo Aspas, hijo de Pedro y de Consuelo, rememoró el accidente, circulando entre curvas y Antonio y Carlos discutiendo, ¿qué haces?, nada de locuras, mataos vosotros si queréis, y el coche se venció por su lado, de manera que Ramiro se le vino encima momentáneamente, porque el mundo giró ante Pedro a continuación para caer con gran estrépito contra Ramiro. Hasta ahí podía recordar únicamente. Luego quedaba un gran espacio en blanco y el eco de unas frases como en sueños, Mercedes me espera, la boda será mañana a las doce, todo en nebulosa, y el tacto de una mano sobre sus rodillas, con la exclamación están vivos. Intentó coordinar sus recuerdos con el fin de establecer la mínima coherencia entre los mismos, sin conseguirlo, porque se le amontonaban cargándole el peso en la frente, agolpándose.

Se reunió con Ramiro el martes a las siete de la tarde. Ramiro andaba muy preocupado con lo de la boda, Antonio tiene que saberlo, insistía con reiteración, es nuestro deber de amigos. Pedro preguntó por Carlos.

–No le avisé –respondió Ramiro.

Confesó que desistió de llamarle a última hora, porque Carlos seguía estrechamente unido a Mercedes y Antonio.

–Carlos se la presentó –alegó Ramiro–. Ignoramos qué puede haber entre los tres. De todos modos, le informaremos de lo que decidamos.

Ocuparon una mesa de Tabernillas Palace, la del rincón, al fondo, porque les pareció más discreta. Pedro no las tenía todas consigo, la boda estaba anunciada para cinco días después y les iba a resultar muy difícil abordar a Antonio en tales circunstancias y menos aún convencerle.

–Enamorado como está –opinó Pedro–, puede ser un arma de dos filos.

Estudiaron los posibles planteamientos y sacaron a colación

numerosos ejemplos que demostraban lo inútil del empeño, porque una persona enamorada no ve más allá de su amor, su única verdad, y no admite mediadores. Además había que contar con el supuesto de que Antonio estuviera ya al corriente de todo, y su amor fruto de la superación de aquellos mismos prejuicios.

–Nosotros cumplimos como amigos y en paz –insistió Ramiro.

–Hay cosas que no se comprenden.

–¿Tú te casarías con una mujer que se hubiera acostado antes con todos tus amigos? Con qué cara ibas a salir luego a la calle y presentarte ante ellos. Sólo se concibe cuando uno decide romper con todo para empezar la vida en otra parte.

Pedro bajó la cabeza y nada respondió, porque en el fondo estaba de acuerdo con Ramiro. El problema se planteaba en cómo le revelaban la verdad a su amigo, con los preparativos para la boda en marcha, feliz en su ignorancia o quizás en el descubrimiento profundo de la verdad.

Una amistad auténtica, con ser lo más importante de la vida, puede perderse en un instante por el motivo más nimio; también cuando se pone a prueba en circunstancias extremas. Si Antonio era feliz con Mercedes, ¿para qué obstaculizar el camino de la felicidad? Hay que desear el bien del amigo, en lugar de erigirse en juez de sus actos y querer abrirle los ojos a una verdad que no es la suya.

–Correremos el riesgo –decidió Ramiro.

–¿Cómo?

–Le llamaré yo.

No había otra alternativa que llamar a Antonio y concertar una entrevista con él, mañana mejor que pasado, antes de la despedida de soltero, ya en vísperas de la boda. Demasiado tarde en el mejor de los casos, porque significaba quebrar una ilusión en su plenitud y romper una felicidad probable, y todo ello en aras de la amistad.

Pedro no quedó muy convencido, aunque reconoció que el mundo era así, capaz de negar a una mujer lo que da por descontado a un hombre.

Llevaba mucho tiempo sin saber de Antonio y recibió la primera noticia suya a través de la invitación de boda; perplejo, releyó una y otra vez el nombre de Mercedes, sin acabar de creérselo. Llamó a Antonio para que se lo confirmara:

–Vaya sorpresa.

–¿Te refieres a la boda?

–Naturalmente –respondió Pedro–. A la boda y a la novia.

–¿Por qué?

–Creo que la conozco.

–Sí.

Aquella afirmación dejó a Pedro anonadado, tanto que ya no se atrevió a inquirir más detalles y desvió la conversación por otros derroteros, a ver si nos vemos, que últimamente vamos cada cuál por nuestro lado, Carlos, Ramiro, tú, y fue entonces cuando Antonio le comunicó lo relativo a la despedida de soltero, he pensado que subamos los cuatro juntos, en mi coche, como en los buenos tiempos, y quedaron en verse para ultimarlo todo.

Desde el primer momento se le antojó aquello demasiado extraño, una despedida de soltero en la montaña y en vísperas de la boda. Se lo explicó días después, cuando quedaron para concretar lo concerniente al viaje:

–Quiero que sea una despedida real, no un simple acto para quedar bien con los amigos.

–Sí, pero en vísperas de la boda...

–Es lo que corresponde.

Quedaron en que Antonio se ocuparía de recoger a los tres, Carlos, Ramiro y Pedro.

–Saldremos temprano, para llegar los primeros.

–¿Estás muy enamorado?

–Vaya pregunta; por eso me caso.

En aquel momento, Pedro empezó a sentirse culpable, sin el valor necesario para decir lo que pensaba, no puedes casarte con Mercedes después de lo que pasó conmigo, después de lo que pasó con Ramiro, después de los que pasó con Carlos; pero escudó su culpabilidad en el silencio cobarde, mientras esperaban la llegada de Mercedes, que se presentó al poco para recoger a Antonio.

–Aquí está Mercedes.

Pedro bajó la cabeza al darle la mano, sin atreverse a mirarla a los ojos, aunque sintió la sonrisa de ella, natural y desenvuelta.

–Es Pedro –aclaró Antonio.

Se despidieron al poco, sin que Pedro se atreviera a pronunciar una sola palabra, tenso y cohibido, en sus oídos el eco de aquella aclaración innecesaria por parte de Antonio, cuando dijo a Mercedes su nombre, es Pedro, utilizando un acento especial, como si ocultara una segunda intención.

Le remordía la conciencia por la amistad traicionada y también por su falta de valor a la hora de enfrentarse con los hechos consumados. Deambuló por la ciudad, sin rumbo ni sentido, insatisfecho de sí mismo, disgustado, después de su conversación con Ramiro, el hombre que tuvo a Mercedes más cerca de sí, y optó por localizar a Carlos, puesto que faltaban tan sólo cinco días para la boda, y cuando se encontraron al fin a primeras horas de la noche, en el bar, Carlos le dijo:

–Qué casualidad, acaba de llamarme Ramiro.

–Entonces, ya sabes de qué va.

–Sí, claro. Toma lo que quieras.

Pedro pidió una cerveza porque tenía la garganta reseca.

Luego refirió a Carlos detalladamente su conversación con Ramiro, las dudas que le asaltaban, los remordimientos.

–Desde luego –admitió Carlos– parece obra del demonio; resulta imposible tanta coincidencia, entre cuatro amigos.

–Tienes razón.

–¿Tú crees que debe saberlo?

–Pienso únicamente en la fidelidad que le debemos. Si callamos ahora, ¿cómo podremos seguir siendo sus amigos después?

–Y si le revelamos la verdad, ¿crees que la aceptará? También nos exponemos a romper nuestra amistad para siempre.

–Hay que correr el riesgo.

–Sí, pero dime cómo.

–Hablándole claro y sin rodeos, no queda otra salida.

–Háblale tú.

–Los tres.

–Yo se la presenté. ¿Lo has olvidado?

El mismo miedo en Carlos, la misma falta de valor. Pedro no conseguía romper el cerco.

Durante los días siguientes, Antonio estuvo ilocalizable, con los preparativos para la boda. Así llegaron al sábado, dispuestos a librar la última batalla en la despedida de soltero, arriba, en la montaña, donde la verdad amanece más clara y rotunda.

Antonio pasó a recogerlos puntualmente, conforme a lo acordado, bromeando:

–Parece como si los cuatro fuéramos a casarnos con Mercedes –dijo.

Pedro y Ramiro se miraron entre sí y Carlos bajó la cabeza, preguntándose sin palabras –los tres– hasta dónde podía llegar la broma, porque era evidente que se había operado un cambio en Antonio.

Arriba, en la montaña, la tarde declinaba lánguidamente. Llegaron con media hora de adelanto sobre los demás invitados.

–Vamos a ver los preparativos –propuso Antonio–. Quiero que todo salga bien.

–Tendrás que controlarte para el regreso –le advirtió Carlos–, y no digamos ya para mañana.

–Beberé lo justo.

El sol semejaba un gigantesco disco anaranjado cuando salvaba las últimas montañas que cerraban el horizonte de poniente; con su mutación pareció marcar la hora para la merienda-cena. Se reunieron alrededor de treinta, los más íntimos, tal como dispuso Antonio desde el principio, y el acto se inició con el brindis de rigor, los treinta puestos de pie, por el novio, con entrechocar de copas, aplausos y risas. Una hora más tarde, el ambiente estaba caldeado al máximo y los brindis se sucedían ininterrumpidamente con el beneplácito del novio, que les acompañaba feliz y sonriente, aunque Pedro observó que bebía siempre de la misma copa, sin apurarla en ningún momento.

Ramiro se la acercó en un aparte.

–Ahora o nunca –le dijo.

–Sí.

–¿Empiezas tú?

–De acuerdo.

Esperaron el momento apropiado, cuando Antonio quedó unos instantes al margen de tanto compromiso y consultó la hora en su reloj de pulsera, regalo de Mercedes. Se le acercaron serios, graves los rostros, y Antonio simuló que se alarmaba.

–¿Qué queréis?

Pedro miró a Ramiro y se revistió de valor; después miró a Antonio fijamente a los ojos, abrió la boca y no le salieron las palabras; esbozó una sonrisa forzada para quitarse el nudo que se le había puesto en la garganta y tragó saliva sin dejar de sonreír, al tiempo que se acercaba a Antonio pasa darle unas cariñosas palmadas en el hombro.

–Bien hombre, bien.

–¿Eso es todo?

–Ahora ya no puedes echar marcha atrás.

Antonio le miró sorprendido, negando con la cabeza, diciéndole que no veía la razón para retroceder, y entonces Ramiro lo estropeó más bromeándole con que iba a ingresar en la cofradía de los casados, pero Antonio lo encajó riendo divertido. Para colmo, todavía le preguntaron si era feliz, cómo se puede formular esa pregunta en una despedida de soltero. Pedro se lo reprobó a Ramiro cuando de nuevo se quedaron a solas, con Antonio alzando su copa respondiendo a los brindis y a los vivas al novio.

–Comprende que no es el momento adecuado.

Ramiro le replicó malhumorado:

–De todas formas, no tenemos perdón de Dios.

Por si todavía fuera poco, el insensato de Benjamín Alvira se lanzó a continuación con un viva san Cornelio de lo más inoportuno.

Pedro buscó a Carlos con la mirada y lo descubrió conversando también con Antonio, los dos con aspecto serio, es posible que Carlos se haya decidido, se esperanzó Pedro, y desechó aquella posible esperanza cuando vio a los dos hombres reír de nuevo como si tal cosa, mezclándose con los demás, Antonio en plan ya de despedida definitiva, recibiendo abrazos, brindis y vítores, mientras Carlos se abría paso hacia la puerta, donde le esperaban Pedro y Ramiro.

–Os veo muy serios –dijo.

–Estábamos dispuestos a contárselo todo y nos ha faltado el valor –se justificó Ramiro.

Carlos evadió el tema con un gesto expresivo, espantando fantasmas con la mano:

–¿Para qué cruzarnos en la felicidad de los demás?

En realidad, ya se habían cruzado imprevisiblemente y así se lo hicieron saber a Carlos, el más sereno de los tres, ya que aparentaba tranquilo y seguro de sí mismo.

–¿Vamos? –invitó, señalando la puerta de la calle.

Salieron cuando ya era noche cerrada y se encaminaron al estacionamiento. Antonio les dio alcance, con los ecos de los últimos vítores y aplausos en sus oídos, y abrió las portezuelas del coche. Tomó asiento ante el volante, con Carlos a su lado; Pedro y Ramiro ocuparon el asiento trasero. Los cuatro en la misma disposición que anteriormente.

–¿Vamos?

Antonio puso en marcha el motor y arrancó pisando a fondo el acelerador, viéndose obligado a dar un brusco viraje para alcanzar la carretera.

–No corras –le advirtió Carlos.

Antonio no respondió y dio las luces largas, rompiendo la oscuridad de la noche a gran velocidad, así durante varios minutos, ganando las curvas temerariamente; pero de pronto aminoró la marcha –unas luces brillaban junto a la carretera– y detuvo el vehículo.

–Tenemos que brindar los cuatro solos, ¿no os parece? –propuso.

Todos se mostraron de acuerdo, necesitaban compartir unos momentos juntos los cuatro, sin tanto bullicio, celebrando una despedida íntima. Entraron en el local que anunciaban las luces y tomaron asiento en torno a una mesa. Antonio pidió champán y brindaron por la amistad, los cuatro puestos de pie, entrechocando las copas.

–Ya estamos los cuatro solos, ya podemos hablar claro.

Pedro Jarabo Aspas, hijo de Pedro y de Consuelo, quedó con la copa en suspenso y se encontró con la mirada de Antonio fija en sus ojos, fija en los ojos de Ramiro, fija en los ojos de Carlos. Temió lo peor y tragó saliva en silencio, a la espera de los acontecimientos, no valen tapujos, y Carlos dispuesto a todo, dándole pie para hablar:

–Tú dirás.

Se espesó el silencio entre los cuatro. Pedro intercambió una rápida mirada con Ramiro y todos se conjuraron para callar, sin saber por qué, dejando que les hablara Antonio ratificando su boda, confesando su amor por Mercedes, no habrá marcha atrás, desafiándoles a los tres –a Carlos, a Pedro, a Ramiro– para que dijeran lo que sabían, pero los tres permanecieron callados porque les faltaba el valor necesario para articular una sola palabra.

–Atreveos ahora, que os escucho. ¿Qué pasa con Mercedes?

Rompió el fuego Ramiro, parece mentira, con frases evasivas, las mismas siempre, plagadas de lugares comunes, y Pedro le recordó que todavía eran sus amigos –¿había necesidad de recordárselo?–, mientras Carlos escuchaba con la cabeza baja.

–¿Nada que alegar, Carlos? –preguntó Antonio.

–Te lo he dicho antes –replicó Carlos, sin levantar la cabeza–: aprensiones tuyas.

Cuando volvieron a llenar las copas, Pedro reparó en que la de Antonio seguía intacta. «En realidad, no ha hecho más que mojarse los labios», pensó. Brindaron en silencio, sentados tranquilamente, sin las palabras acostumbradas para acompañar el brindis.

Carlos pegó un puñetazo sobre la mesa.

–¡Ya está bien! –gritó–. Estamos celebrando una despedida de soltero, no un funeral.

Pidió otra botella y recomendó a Antonio que no bebiera, porque tenía que conducir.

Reanudaron la conversación normalmente, con palabras y frases vacías de significado. Pedro comprendió que aquello era falso. Ramiro, recomendándole a Antonio que llamara a Mercedes, ¿para qué?, diciendo que a él le pasaba lo mismo con Cecilia, debes llamarla, estará intranquila, todo para reconciliarse consigo mismo y superar aquel momento de tirantez y cobardía, los tres cómplices involuntarios.

Antonio se fue al teléfono y habló con Mercedes. La conversación fue, sin duda, satisfactoria, porque regresó más sosegado, proponiendo el último brindis, expresión que Carlos se apresuró a corregir:

–Querrás decir por ahora.

–Claro.

Volvieron a brindar puestos de pie, por el novio, por la amistad, y Antonio sonrió enigmático, al menos así se lo pareció a Pedro. Después pagaron y salieron a la carretera, al encuentro de la noche y de la brisa.

El coche partió raudo, Antonio al volante, y Carlos repitió su advertencia acostumbrada:

–Despacio, no tenemos prisa. ¿Quieres que te releve para que descanses?

–No estoy cansado.

Pedro Jarabo Aspas, hijo de Pedro y de Casilda, dijo que lo importante era llegar, pero Antonio no pareció escucharle, acelerando todavía más el motor, los faros del coche abriendo ráfagas de luz en las curvas y Carlos subiendo el tono de su voz, casi gritando, no corras, y Antonio desafiándoles a los tres:

–¿Queréis hablarme de Mercedes?

Carlos se revolvió contra Antonio, estás bebido, le dijo, déjame conducir a mí, pero Pedro sabía muy bien que era mentira, porque Antonio apenas bebió durante la fiesta de despedida de soltero, ni después cuando brindaron los cuatro juntos; por el contrario, se mantenía sereno, sobrio, quizás más de lo necesario, por lo que no debían culpar a la bebida de que el coche se fuera de un lado a otro de la carretera, ¿qué pasa?, Ramiro preguntándole a Antonio si se había vuelto loco, y Pedro Jarabo Aspas, hijo de Pedro y de Consuelo, gritando desesperado mataos vosotros si queréis, mientras que el propio Antonio, sin soltar el volante, les recomendaba que se agarraran bien.

Pedro tragó una bocanada de sangre y sintió náuseas, deseos de vomitar. Carraspeó para pasar la saliva y tiró con su mano izquierda del respaldo del asiento delantero, aunando su esfuerzo con el de Antonio, atento en aquellos momentos al despertar de Carlos que yacía desmayado, animándole para que volviera en sí.

–Dale tiempo a que se reponga –dijo Pedro.

–Tienes razón.

Resultaba difícil de comprender la actitud de Antonio, tras su comportamiento antes del accidente; su preocupación ahora por recabar auxilio para salvar la vida de sus amigos. ¿O pensaba más bien en la huida? Pedro se llevó la mano a la frente para contener el tremendo dolor que le agobiaba –cual si soportara un peso de toneladas en la cabeza– y trató de atar los cabos sueltos, las razones del accidente, su justificación, en el supuesto de que existieran razones justificables, porque para él quedaba fuera de dudas la sobriedad de Antonio, sin beber apenas durante la fiesta, ni luego cuando se quedaron los cuatro solos, brindando siempre con la misma copa, sin vaciar el contenido de la misma, sólo mojándose los labios. Las causas del accidente aparecían para Pedro tan oscuras como la misma noche, quizás ha querido asustarnos simplemente –aventuró– y le ha salido mal, quedando desbordado en sus propósitos, no supo medir sus fuerzas y provocó la catástrofe.

Aprovechó la inconsciencia de Carlos para decírselo –Ramiro también se hallaba sumido en un profundo sopor–, aunque de poco servía en aquellos momentos conocer la verdad.

–Antonio, ¿cómo ha sido?

–¿Qué?

–El accidente.

–Eso no importa ahora.

No consiguió sacarle más palabras y la duda quedó en el aire. Pedro Jarabo Aspas, hijo de Pedro y de Consuelo, tuvo la premonición entonces de que el accidente fue provocado, aunque sin prever las terribles consecuencias del mismo, porque no podía pensar en otras intenciones ocultas, ni en planes diabólicos, cuando la amistad continuaba siendo el verdadero soporte de unión entre los cuatro.

Escupió fuera, a través de la ventanilla deforme –¿de dónde le manaba tanta sangre?–, y permaneció en silencio unos segundos, escuchando la respiración jadeante de Antonio en su lucha por liberarse.

–Un poco más y lo conseguiré.

Carlos, recuperado de su desmayo, susurró con fatalismo:

–Es inútil.

–Tenemos que probar de una manera u otra. Pedro –llamó Antonio–, tira de mi asiento hacia ti.

–Sólo puedo mover el brazo izquierdo –recordó Pedro.

–Utilízalo.

Tiró del asiento tal como hiciera unos minutos antes y éste cedió varios centímetros más, crujiendo perezosamente.

–Sigue, Pedro, sigue –pidió Antonio.

Pedro atendió fielmente las instrucciones recibidas, pero el asiento no respondió al renovado esfuerzo; continuó en su sitio atrapando a su presa.

La única posibilidad de salvación dependía de que Antonio pudiera lograr sus propósitos, salir en busca de ayuda, llegar hasta el pueblo próximo. Pedro decidió colaborar con sus escasas fuerzas, su mano izquierda asida al respaldo del asiento delantero. Llegó a temer, sin embargo, que Antonio les dejara abandonados una vez logrado su empeño de salir, y alejó aquella sombra siniestra, con la mirada perdida en el más allá de la noche sin esperanza.

La imagen de Mercedes adquiría un relieve inusitado en medio de la oscuridad, se recortaba nítidamente iluminando el paisaje con su sonrisa, la mirada dulce y maliciosa invitándole otra vez, ven aquí, y Pedro Jarabo Aspas, hijo de Pedro y de Consuelo, cerró los ojos para alejar de sí aquella imagen, sin conseguirlo en ningún momento, porque cuanto más anhelaba llenarse de noche, con mayor fuerza irrumpía la claridad en él.

–Ven aquí.

El olvido no había borrado la huella de aquellos seis días, mucho más profunda de lo que Pedro sospechaba. Nunca llegó a entender a Mercedes, ni comprendió el porqué de su extraño comportamiento, cuando estaba seguro de que no era una mujer cualquiera, ni mucho menos, por más que cometiera la audacia de tomar la iniciativa que suele quedar reservada a los hombres, sobre todo cuando se trata de relaciones hombre-mujer. Mercedes pasaba despreocupadamente por encima de prejuicios y convencionalismos, para ser fiel a sí misma, pura en su sinceridad sin límites, auténtica. Fueron seis días de felicidad plena y también de aturdimiento, dado que él, Pedro, no pudo asimilar la situación, asombrándose de que los hechos se desarrollaran así, con Mercedes a su lado, unas veces en su apartamento y otras en el de ella, los dos solos respirando libertad. Fue como una llamarada de amor y deseo, que se enciende y se apaga sin dejar rastro, con las cenizas a merced del viento. Así lo creyó Pedro, sin sospechar que iba a quedar marcado para siempre, el remordimiento royéndole las entrañas, porque el pasado se tornaba presente.

No se alejaba la imagen de Mercedes, ni desaparecía su sonrisa.

–Ven aquí.

Pedro abrió los ojos a la noche –a más noche aún–, paladeando el sabor acre y pastoso de su propia sangre, las piernas dormidas entre las chapas y los hierros retorcidos, y Ramiro suspirando hondo, muy hondo, sumiéndose en la noche negra. «Estamos aquí para saber la verdad.» Croaban las ranas cerca, acaparando para sí los múltiples sonidos de la noche. «¿Qué pasa con Mercedes?» Resonaban palabras y preguntas extrañas en sus oídos, zumbándole dolorosamente, girando en torno con la agresividad de un enjambre de avispas, aguijoneándole sin piedad. Se llevó la mano a la frente que le quemaba como una brasa, febril, y vio a Mercedes vestida de blanco, radiante, avanzando hacia ellos –Ramiro, Pedro, Carlos, Antonio–, pregonando la verdad que yacía en la noche, sois míos, los cuatro míos. Pedro alejó de sí aquella imagen, apartándola de un manotazo, pero Mercedes no se inmutó, segura de sí misma, dueña de la situación, y extendió su sonrisa iluminando el paisaje, como la luz que precede al sol en el amanecer, el alba sobre la tierra, delimitando las formas, las montañas y los valles, los hombres-hormiga subiendo y bajando, soñando cumbres inútilmente en su destino de tierra.

Se juntaban todos los tiempos en uno, pasado, presente y futuro, desmintiendo que haya un ayer y un mañana. Cada ser vive tan sólo un momento presente, en el que se concita el hoy doloroso, a eso se reduce lo pretérito y los sueños visionarios de una vida anticipada.

A fuerza de sufrimiento insoportable, Pedro empezaba a ver claro y lamentó que su visión certera de la vida le asaltara en trance de muerte. Sus piernas, insensibles al dolor como si estuvieran separadas del tronco, parecían dormir en lo profundo, colgadas de una sima de frío y sueño.

Ramiro callaba a su lado, dando testimonio sin palabras de

la dimensión de su tragedia, cuando la vida tenía para él una continuidad hermosa; seguramente pensaría en Cecilia, en Marta, esperándole ilusionadas. «En cambio, a mí sólo me espera un apartamento vacío y desordenado.» Un conjunto de detalles impersonales, salvo algunos retoques introducidos por Mercedes, que él dejó así para que siguiera latiendo aquel sueño imposible, el fuego de una pasión convertida en llamarada fugaz.

–Tú no me compendes –le dijo Mercedes–, por eso me juzgas equívocamente, y aunque creas haberme poseído yo te aseguro que no es cierto.

–¿Qué dices?

–Nada.

Palabras enigmáticas siempre, como ella misma, cuyo significado tardaría tiempo en descifrar, hasta llegar a la conclusión de que Mercedes era una mujer superior.

Tuvo un acceso de tos y se llevó la mano a la boca para contener la vida que se le iba, salpicando de sangre el asiento delantero, por más que Antonio no reparó en ello, afanado en presionar el volante. Pedro Jarabo Aspas, hijo de Pedro y de Consuelo, vio cómo se difuminaba la imagen de Mercedes, el blanco absorbido por el negro, y quedó mucho más tranquilo una vez recuperado de su acceso de tos, aliviado al sentir la dulce lasitud de su cuerpo, las piernas dormidas y su brazo derecho inutilizado. Tuvo miedo y se agarró con su mano izquierda al respaldo del asiento delantero, única tabla de salvación. El coche se venció por allí para dar en el vacío y luego chocar con estrépito sobre el lateral derecho; lo demás fue un estruendo continuado, ensordecedor, que se le metió en la cabeza para no abandonarle ya, barrenándole el cerebro despiadadamente. Así recordaba el accidente. Se despeñaron por el precipicio de rocas y bajaron rodando al río, dando varias vueltas de campana, chocando violentamente contra las piedras, y sólo sucedió el silencio hasta que sintió el roce de una mano sobre sus rodillas –sensibles aún entonces–, y la voz de Antonio anunciando que estaba vivo. ¿Dónde? Pedro Jarabo Aspas, hijo de Pedro y de Consuelo, no tuvo tiempo para coordinar las distintas fases del accidente, porque todo sucedió en un instante, y se encontró con la garganta taponada de sangre, dificultándole la respiración, atrapado por las piernas y con un brazo derecho quebrado, soportando el dolor a fuerza de ser tan intenso, porque a mayor sensación dolorosa más era también la insensibilidad generada. Lo comprobó en aquellos momentos; uno llega incluso a sentir la muerte como una liberación y no le espanta la idea de contemplarla cerca.

Se sobresaltó al oír aquel alarido rasgando el silencio de la noche, la voz de Antonio retumbando en los acantilados, pidiendo auxilio, con el eco multiplicando la palabra, prolongándola, y otra vez el silencio como respuesta.

Después, Antonio se dirigió a ellos, sus amigos, Carlos, Ramiro, Pedro:

–¿Podéis oírme?

Le respondieron afirmativamente, y Antonio preguntó a Carlos cómo conoció a Mercedes, sin abandonar su obsesión enfermiza, y Carlos replicó que te lo cuenten Ramiro o Pedro, desviando el tema de sí, sacudiéndose responsabilidades.

–No tiene objeto hablar de Mercedes ahora –protestó Ramiro débilmente.

–¿Por qué no tiene objeto?

–Es agua pasada.

–¿Qué significa eso?

Pedro admitió que Antonio estaba loco y le cortó con energía:

–No sigas, Antonio; ahora, no.

–Ahora es el momento de la verdad, no podéis engañarme...

Cómo contener aquella locura, con la muerte acechando en la oscuridad. Pedro tragó saliva, impotente, sin atreverse a plantar cara a la situación, Antonio exigiéndoles que confesaran su juego, las cartas al descubierto, un loco nada más que les había conducido al fin asesino. ¿Cómo decírselo? Se rompió la amistad que los unía, saltó hecha pedazos al igual que el coche, lo mismo que sus vidas, y lo cierto era que ellos –Carlos, Ramiro, Pedro– no habían traicionado esa amistad de Antonio, únicamente les faltó valor para revelarle la verdad, porque ninguno de ellos pudo sospechar que el pasado terminaría encarnándose en el presente, acusador y fatídico.

Antonio gritó jubiloso:

–¡Lo conseguí!

A Pedro se le vino encima el asiento delantero, sobre sus piernas insensibles, confirmándole al fin que Antonio había podido liberarse.

–¿Qué piensas hacer ahora? –inquirió Carlos.

Pedro se reafirmó en su terrible sospecha cuando Antonio les dio a elegir condicionando su ayuda a que hablaran y Ramiro lanzó su acusación en forma de pregunta:

–¿Cómo puedes se tan cruel?

Carlos habló entonces con renovada energía y amenazó a Antonio con revelarle la verdad. Dijo que un enamorado ve luz donde hay oscuridad y oscuridad donde sólo hay luz, cómo distinguir lo blanco de lo negro, el día de la noche. Con las últimas palabras, la voz de Carlos se fue debilitando hasta apagarse casi por completo, dispuesto a confesarlo todo, y Pedro le pidió que no siguiera, de manera que nuevamente sucedió el silencio, interrumpido únicamente por Antonio ocupado en limpiar los restos de cristales del parabrisas, sin duda para buscar la salida dejándose deslizar sobre el capó.

–¿Vas a buscar ayuda? –susurró Carlos.

–Sí.

–No hace falta; yo no voy a necesitarla.

Fueron sus últimas palabras. Emitió un profundo ronquido que se apagó lentamente hasta degenerar en estertor. Después sólo hubo silencio, que Antonio quebró al poco para anunciar:

–Ha muerto.

No respondió Ramiro. No respondió Pedro. La muerte hablaba por ellos con su elocuencia acostumbrada, y ellos la escucharon tensos, conteniendo la respiración.

Antonio no pudo soportar más y llamó desesperado:

–¡Ramiro! ¡Pedro! ¿Estáis ahí?

Estaban, no se los había llevado la muerte todavía, y respondieron a la llamada de Antonio –sí, ha muerto, ¿qué hacemos?– para decirle que sólo les restaba esperar la muerte también.

Pedro Jarabo Aspas, hijo de Pedro y de Consuelo, quedó impresionado por la presencia de la muerte, allí dentro, acompañándoles ya. Sintió cómo Antonio redoblaba sus esfuerzos para evadirse y le pidió que no les abandonara:

–No te vayas.

Antonio hablaba de traer ayuda –¿cómo?, ¿para qué?–, animando a Ramiro que jadeaba convulso, aguanta, cuando la sangre se abría paso en un manantial incesante, próximo a agotarse.

–Llama a Cecilia –balbució Ramiro–; quiero verla por última vez.

Pedro permaneció atento, sin pestañear, escuchando los esfuerzos de Antonio para alcanzar el capó a través del parabrisas. Calculó que había logrado sus objetivos cuando oyó un ruido sordo, sin duda el producido por el cuerpo de su compañero al dejarse caer sobre la chapa que cubría el motor.

Ramiro llamó anhelante:

–Antonio, no te vayas, ¿cómo dejarnos morir solos? Hablaré, no me moriré con este peso de conciencia. No te vayas, no puedes abandonarnos –la voz de Ramiro sonaba agónica–, te revelaré la verdad.

–¡Calla! –le interrumpió Pedro–. No digas tonterías, eso carece de importancia ahora.

Calló Ramiro, respirando con dificultad, y Pedro se dirigió a Antonio, ¿dónde estás?, con el fin de averiguar si seguía con ellos.

–Iré a buscar ayuda. Encontraré el pueblo.

La voz llegaba del exterior, por lo que Pedro situó a Antonio sobre la chapa del capó. Dobló su cuerpo a la derecha para atender a Ramiro, que pronunciaba el nombre de Cecilia mientras expiraba, hasta que su voz se hizo ininteligible y se apagó definitivamente con su último suspiro. Pedro retiró la mano asustado cuando dejó de percibir los latidos del corazón de Ramiro.

–Está muriéndose –clamó angustiado para que pudiera escucharle Antonio.

Recibió como única respuesta el alarido de Antonio al caer su cuerpo al lecho pedregoso del río, produciendo un sonido profundo y opaco. Sus gemidos llegaban amortiguados al interior del coche.

–¡Ramiro ha muerto! –gritó Pedro, desesperado.

Tampoco obtuvo respuesta. Al silencio de la noche –pasajero al fin y al cabo– se sumó el silencio eterno de la muerte, cercándole ya, viajando con él, teniéndola a su lado, Carlos muerto, Ramiro muerto, y él completamente solo, como de costumbre, pero esta vez con una soledad de hielo corriéndole por las venas mientras la fiebre le abrasaba por fuera.

–Tú también estás enfermo de soledad –le vaticinó Mercedes.

Vivió solitario siempre. Antonio, Carlos y Ramiro se lo echaban en cara, un día te ocurrirá algo y ni siquiera nosotros nos enteraremos. Mercedes lo descubrió al instante y le dijo que estaba enfermo de soledad. ¿Por qué le asaltaba otra vez el recuerdo de Mercedes, en medio de tanta muerte? Volvió a pronunciar el nombre de Antonio para gritarle Ramiro ha muerto y sólo escuchó su propio eco resonando entre los roquedales, con sus palabras perdiéndose en el silencio de la noche, desintegradas en la inmensidad del espacio, solo ya definitivamente, sin más compañera que la muerte.

Tuvo un vómito de sangre y lo achacó a la mucha que llevaba tragada. Le vino súbitamente, sin tiempo a ladear la cabeza o echarla hacia adelante, y se llenó el pecho y las piernas de cuajarones sanguinolentos. Experimentó después una sensación de bienestar, mezcla de placidez y sueño, y abrió desmesuradamente los ojos para no dormirse, porque dormir equivalía al fin. Estuvo a la escucha por si percibía en el exterior la presencia de Antonio; nada llegó hasta él, salvo el croar de las ranas en el río y el cricrí de los grillos en la montaña. Antonio consiguió lo que buscaba. Se despidió con un alarido –¿de dolor?, ¿de triunfo?– y el ruido opaco de su cuerpo al caer al suelo, sin reaccionar a los gritos de Pedro anunciándole la muerte de Ramiro. Antonio alejándose al fin, abandonando a sus amigos, posiblemente lo ideó así desde el principio –aventuró Pedro amargamente–, pero le salió mal, porque la oscuridad los atrapó a todos, noche cerrada a la esperanza.

Pedro Jarabo Aspas, hijo de Pedro y de Consuelo, acusó el frío que se colaba por todos los huecos del coche, rotos los cristales, y se estremeció por su incapacidad para soportar aquella temperatura, con su organismo debilitado al máximo, escapándosele la sangre a bocanadas.

Una vez más se pasó la mano por la frente, vano intento

para aliviarla de tanto peso como le agobiaba, y luego la acercó instintivamente hacia Ramiro, doblando su cuerpo hacia la derecha, ya que no podía creer aún lo sucedido, y la retiró impresionado, porque el tacto con el cuerpo de su compañero le transmitió la rigidez de la muerte. La baja temperatura reinante aceleraba el proceso cadavérico. Sollozó su impotencia, adivinando también el cadáver de Carlos en el asiento delantero de la derecha, un destino común ejecutando inexorablemente su sentencia, hora tras hora, minuto a minuto. Pedro sorbió la sangre que le anegaba la garganta; ya se había acostumbrado a su sabor acre. Sintió una opresión dolorosa en el pecho, como si fuera a estallarle de un momento a otro, y al poco tuvo un segundo vómito de sangre.

–Antonio, es una locura.

Se lo dijeron, pero fue inútil. Antonio celebró su despedida de soltero en la montaña obedeciendo a sus íntimos y secretos deseos. Programó la fiesta para un día antes de la boda y se salió con la suya.

–En la montaña está la verdad –dijo.

Pedro notó su frente bañada de un sudor frío, al tiempo que le torturaban las mismas imágenes siempre, los mismos pensamientos, no ha sido la montaña sino nosotros, razonaba. Carlos y Ramiro se fueron sin hablar, aunque sus cuerpos siguieran ahí, y Antonio huyó sin encontrar la verdad que buscaba, porque él, Pedro, tampoco hablaría, puesto que la amistad murió también tragada por la noche. Por eso hizo callar a Carlos y a Ramiro, para qué las palabras inútiles que nada remedian, en un mundo azotado por vientos de voces perdiéndose en el vacío absoluto. También Antonio se fue con su verdad a cuestas, que guardó para sí. No jugaron limpio y pagaron su culpa pretérita hecha presente.

Miró al exterior y comprobó que las sombras iban adquiriendo relieve para transformarse en formas, el río delimitando su curso para perderse en la revuelta próxima. «Al otro lado está el pueblo.» Collarada naciendo a sus pies para estirarse hacia arriba, creciendo, y ser cumbre entre las nubes. Buscó a Antonio con la mirada y no lo encontró. Las aguas discurrían junto al coche y se alejaban rumorosas desgranando murmullos a su paso, como voces humanas surgidas del misterio. Las piedras blanqueaban en la angosta ribera. Bajaba una luz tenue y suave sobre el valle, sin saber de dónde, y el negro fue adquiriendo diversas tonalidades, trocándose verde, trocándose blanco, ocre y azul. Miró a su derecha y contempló a Ramiro con la cabeza caída sobre el pecho, tronchada, lleno de sangre; Carlos tenía el cuerpo vencido hacia la ventanilla, invisible el rostro para Pedro, con lágrimas en los ojos, borrándosele otra vez las formas. Se limpió con el dorso de la mano y desvió la mirada en busca de su encuentro con el alba tendiéndose sobre la tierra húmeda de rocío. Pronto despertaría la vida y se esperanzó con la posibilidad de que no fuera tarde aún para él, por más que le escoltaba la muerte. «Alguien vendrá por aquí.» El pecho le oprimía hondo, como si una mano gigantesca le apretara despiadadamente los pulmones; le sobrevino un acceso de tos y salpicó de sangre el respaldo del asiento delantero. Se llevó la mano al punto que más le dolía en aquellos momentos, el pecho; quiso llamar y no le salieron las palabras. Carraspeó y tampoco. «Es el fin», pensó. Se revolvió convulso, agitado, y sus ojos encontraron la noche de nuevo, sin alba posible, cuando le pareció escuchar, lejana, la voz de Antonio.

–Pedro, ¿me oyes?

Quiso contestar y no le salió una sola palabra; entonces sacó la mano por la ventanilla, esforzándose en agitarla para decir con el gesto estoy vivo, y se le desmayó el brazo, con la mano colgando en el vacío sin luz.

Felipe Iguacel, alias el Ferrero, comentó como experto que se necesitaba un soplete para cortar la chapa del coche o no podrían rescatar los cadáveres, salvo que los sacaran a trozos.

–Ya dirá el juez lo que deba decir –sentenció Justino *el Borau.*

–El juez cumplirá con el trámite de levantar los cadáveres y ahí te quedas, a ver quién es el guapo que carga con ellos.

–Tú.

A las doce y veinte, el cabo Senante Gómez Requena pensaba de la misma manera que Felipe *el Ferrero,* necesitaremos un soplete, pero nada podemos hacer en tanto no lleguen el teniente, el juez y el médico forense.

–Vaya jodienda –exclamó Justino *el Borau.*

Mosén Hilario, que seguía al pie del muerto tendido sobre el lecho pedregoso del río, escoltado por los monaguillos portando los santos óleos, llamó la atención a Justino *el Borau.*

–A ver si nos reportamos, aunque sólo sea por respeto a la muerte.

–¿Qué dice?

–Que no seas mal hablado.

–¿Es que a usted no le parece una jodienda?

Isidoro Cantín Almudévar, el alguacil, recibió a la misma hora una segunda llamada telefónica interesando noticias sobre los desaparecidos de la boda, son cuatro con el novio, le dijeron, y aquella coincidencia le dio qué pensar.

–¿Cuatro con el novio? –preguntó.

–Sí.

–¿Pueden darme sus nombres?

El alguacil tomó nota y se calló lo del accidente, por no alarmar antes de hora; primero tenía que asegurarse. Sus treinta y cinco años de Ayuntamiento le habían enseñado a llevar con discreción los asuntos oficiales. Colgó el teléfono, tras prometer que se ocuparía personalmente de realizar las averiguaciones pertinentes, y abandonó corriendo la casa consistorial; tomó el camino del río y a los pocos minutos estaba plantado delante del cabo, al que informó cumplidamente:

–¿Ha tomado nota de los nombres? –preguntó el cabo.

–Sí, aquí los tiene.

El cabo Senante Gómez Requena asió el papel que le tendía el alguacil, con el escudo y el membrete del Ayuntamiento –porque a Isidoro Cantín Almudévar le gustaba hacer las cosas bien, con la seriedad que requería el caso–, y leyó los nombres despacio, con los ojos agrandados por la sorpresa.

–¿Alguna novedad? –preguntó el alguacil.

–Sí, digo no –se atribuló el cabo–. Tendremos que esperar a que venga el teniente.

–¿Están identificados los cuatro?

–Falta uno, aquel que tiene la cabeza fuera de la ventanilla.

Isidoro Cantín Almudévar miró los restos del coche siniestrado y vio una cabeza asomando del mismo, el rostro ensangrentado y la boca abierta; desvió la vista impresionado y se encontró con el muerto tendido sobre las piedras, a los pies de mosén Hilario en actitud orante, con la escolta de monaguillos al lado, como si se tratara de un funeral de *córpore insepulto.* Así es que preguntó al cabo si necesitaba de sus servicios y se retiró corriendo, tal como había llegado, para devolver con su presencia la actividad municipal, en su triple condición de alcalde delegado, secretario accidental y alguacil efectivo.

Rosario Fanlo Suelves, alias la Loba, tuvo qué decir de las idas y venidas del alguacil, ese correveidile, y se encaró resueltamente con el cabo:

–¿Quiere decirnos qué pasa con tanto secreto?

El cabo Senante Gómez Requena no se inmutó siquiera, sentado sobre aquella piedra, con la carpeta de documentos abierta, practicando las comprobaciones de rigor, y vio que coincidían los nombres y apellidos, el de Antonio Ramos Fernández, el de Ramiro Álvarez Mesa, el de Pedro Jarabo Aspas, y dedujo por la nota que le entregó el alguacil que la identificación del cuarto cadáver se correspondería con el nombre de Carlos Bielsa Ferrer, lo cual debería constatar para mayor seguridad, por lo que dio prisas al guardia Longás y al guardia Martínez, necesito esa documentación urgentemente, pero ni el guardia Longás ni el guardia Martínez se dieron por enterados, atentos como estaban a forzar la puerta delantera izquierda, con el fin de llegar a través de la misma hasta el cuerpo del infortunado que sacaba la cabeza por la ventanilla opuesta. Se desentendió el cabo Senante, enfrascado en la redacción del informe, al que debería añadir las últimas novedades, o sea, que los cuerpos tenían nombres y apellidos fácilmente localizables, aunque faltaba por efectuar una comprobación más, como última ligazón con la vida. La nota del alguacil sirvió para que el cabo Senante Gómez Requena completara su informe con detalles aleatorios pero decisivos, y escribió los nombres de los muertos, aclarando que el accidente se produjo cuando los ahora extintos regresaban de una fiesta de despedida de soltero y que bien pudo ser ésta la causa del accidente por culpa de un doble exceso, de velocidad y de intoxicación etílica, cuyo último extremo –escribió el cabo Senante– dejo a la consideración del forense. Por la posición en que fueron hallados los cadáveres se desprende que conducía el vehículo Antonio Ramos Fernández, toda vez que apareció fuera del mismo, dejando vacío el asiento correspondiente al conductor, aunque a primera vista puede dar la sensación de que salió despedido por efectos del golpe, pero la realidad es que se desplazó por propia voluntad, arrastrándose sobre las piedras del río, según delata el rastro de sangre todavía visible. Faltaba por determinar cuál de los cuatro era el novio, duda que no aclaraba la nota del alguacil. El cabo Senante se tomó un breve descanso, que aprovechó para secarse el sudor, y al poco reanudó su tarea escribiendo que ignoraba la identidad del novio, aunque se encontraba allí con toda seguridad, entre los muertos, a la misma hora en que las campanas de la iglesia anunciarían su boda.

–¿Siguen todos ahí? –preguntó doña Crisanda.

–Claro –respondió la Loba–, no los pueden tocar hasta que llegue el juez.

–¿Por qué tarda tanto?

–No se sabe. A lo mejor está levantando más muertos.

–¡Jesús!

Llegaron nuevos curiosos de los que subían a pasar la jornada festiva en la montaña, y Rosario Fanlo Suelves, alias la Loba, se dirigió al cabo Senante con su fardo misterioso bajo el brazo.

–¿Adónde va? –los guardias armados con metralletas le cerraron el paso.

–A repartir misericordia.

–Dejadla –ordenó el cabo al verla tan decidida.

La Loba se acercó al cabo Senante Gómez Requena y le dijo que ya se le estaba revolviendo el estómago con la presencia de tanto muerto a la vista de todos.

–Ya vale de espectáculo –dijo–. Déjeme por lo menos que los cubra con una manta.

–Hágalo –aprobó el cabo–, salvo al que tiene la cabeza fuera.

–¿Por qué?

–Primero tenemos que confirmar su identidad.

Sin mediar más palabras, Rosario Fanlo Suelves, alias la Loba, se fue directa al coche y echó una manta por cada una de las ventanillas traseras, dejando nuevamente la noche dentro; luego hizo lo propio con el cuerpo tendido sobre las piedras, cubriéndolo de pies a cabeza, al tiempo que mosén Hilario concluía una de sus oraciones y los monaguillos susurraban amén.

Cuando la Loba regresó a su puesto, satisfecha de su acción, encontró a doña Crisanda enzarzada con Justino *el Borau*, tú qué sabes de tener buen corazón, y el Borau defendiéndose diciéndole ganas de destacar, después de todo no tiene derecho a ocultar los muertos a la vista de los demás.

Rosario *la Loba,* que había escuchado las últimas palabras del Borau, se defendió con laconismo:

–Siempre habla quien más tiene que callar.

Fue suficiente. Justino *el Borau* puso punto en boca y se dedicó a observar la multitud cada vez más numerosa, impasible ante el transcurrir de los minutos y las horas, todo por el insano placer de esperar la llegada del juez y ver cómo procedía al levantamiento de los cadáveres.

A las doce y veinte informó el alguacil, Isidoro Cantín Almudévar –continuó redactando el cabo–, de haberse recibido una segunda llamada telefónica en la que le facilitaron los nombres de los desaparecidos, cuya identidad coincide hasta el momento con la de los muertos, una vez comprobada y verificada la relación que me entregó el mencionado empleado municipal, por lo que será necesario transmitir la triste noticia a los familiares más allegados para que suspendan la boda, aunque por la hora en que estaba anunciada, y sin noticias del novio, es casi seguro que habrán acordado suspenderla o aplazarla hasta saber de los desaparecidos. A las doce y veintisiete, una vecina del pueblo me pidió autorización para cubrir los cadáveres con mantas. En consecuencia, los cuerpos de las víctimas desaparecieron de la vista del público a la hora arriba indicada, con la sola excepción del que falta por identificar, que es el que más impresiona por el hecho de asomar la cabeza por la ventanilla y tener la boca entreabierta. También he dispuesto que los pescadores Luis Gazulla Lahoz, Enrique Aladrén Lahuerta y Domingo Latorre Gracia permanezcan en el pueblo por si la autoridad superior estima conveniente tomarles declaración, toda vez que fueron los primeros testigos oculares del accidente, aunque de la comprobación horaria se desprende que éste acaeció cerca de catorce horas antes, exactamente trece horas y cincuenta minutos. Asimismo quiero dejar constancia de la presencia del cura párroco de la localidad, que administró los últimos auxilios a los difuntos. El cabo Senante repasó los párrafos finales del informe, complacido de su labor, el teniente le felicitaría probablemente. Ordenó los documentos en la carpeta, de suyo bastante abultada, y relacionó los contenidos en la cartera de Pedro Jarabo Aspas, hijo de Pedro y de Consuelo, veintiséis años, soltero. En la fotografía del documento de identidad aparecía con chaqueta y corbata, serio, la mirada triste, mucho más vieja que su rostro. Considerando la hora en que se produjo el accidente, a las ocho y diez de la noche –siguió escribiendo el cabo–, permite suponer que los ocupantes del vehículo abandonaron la fiesta muy temprano, con tiempo suficiente para llegar a sus domicilios respectivos a la hora de la cena, habida cuenta, además, de que el novio tenía que ultimar los preparativos para la boda. No se limitaba el cabo Senante a redactar el informe escuetamente, sino que lo adornaba con teorías y especulaciones pintorescas a fin de hacerlo más comprensible y orientar al teniente. Quedaba una incógnita por despejar, la velocidad del vehículo en el momento del accidente, la cual no podía establecerse por la longitud del frenado, ya que no quedaron huellas sobre el asfalto de la carretera, ni tampoco por la aguja del cuentakilómetros, suelta a puro de tanto golpe, girando loca. Tan sólo el informe del forense, una vez practicada la autopsia, aclararía las incógnitas planteadas, exceptuando la concerniente a la velocidad. Entonces completaría las diligencias con vistas a la apertura del sumario correspondiente, y el cabo Senante Gómez Requena saldría de dudas en relación con el lento camino seguido por la muerte, ya que le atormentaba la idea de que aquellos infortunados hubieran podido salvarse prestándoles a tiempo la ayuda que necesitaban, poco después de que se despeñaran con el coche, pues catorce horas constituyen un paréntesis demasiado largo por el que poder escaparse la vida en hilos de sangre, tejiendo así la tela de araña prendida del misterio de la noche.

Los monaguillos miraron de reojo el bulto escondido bajo la manta, sin alejar sus temores fundados por el respeto a la muerte; después miraron a mosén Hilario, impacientes, agitando los santos óleos.

–¿Qué os pasa? –preguntó el cura, las manos entrelazadas.

–¿Cuándo nos iremos?

Habló el que parecía mayor de los dos y se ganó un cachete por toda respuesta. Fue visto y no visto, porque mosén Hilario continuó en actitud orante como si tal cosa. Los monaguillos elevaron sus miradas a las alturas, buscando sin duda el consuelo que abajo les negaban, todo porque los muertos seguían allí, ocultos tras las mantas –menos uno–, y ellos esperaban la llegada del juez para rezar el último responso al levantar los cadáveres y llevárselos rumbo a su destino definitivo.

Doña Crisanda miraba, sin ver, la inmensidad del desastre, inquiriendo nuevos detalles:

–¿Desde qué altura se despeñaron?

Rosario *la Loba* daba cumplida respuesta a las preguntas de la ciega:

–Desde unos cincuenta metros por lo menos.

–¡Jesús!

–Aun así –prosiguió la Loba–, parece ser que no se mataron en el acto, lo que son las cosas.

–¿Estás segura?

–El que tenemos delante huyó arrastrándose por el suelo, aunque no llegó muy lejos. Otro se quedó con la mano fuera de la ventanilla, seguramente pidiendo auxilio. Y otro, asomando la cabeza con la boca abierta.

–¡Jesús, Jesús!

El cabo Senante Gómez Requena cayó en la cuenta de que debería disponer el traslado de los cadáveres –una vez levantados por el juez– hasta el depósito del cementerio de Villanúa, donde les practicarían la autopsia de acuerdo con lo preceptuado por la ley y luego se harían cargo de los mismos sus familiares más directos. Se incorporó, pues, el cabo Senante, para tratar de resolver este último problema antes de que llegara el teniente, y se acercó a preguntar a mosén Hilario, como persona más ducha en la materia.

–Necesitaremos trasladar los cadáveres al depósito del pueblo –dijo el cabo.

–Sí, claro.

Mosén Hilario respondió pensativo y al poco bajó de las alturas donde se encontraba, a vueltas con sus rezos.

–Naturalmente –aprobó–, es lo que se acostumbra en estos casos.

–El camino es malo por la orilla del río –le hizo notar el cabo–. ¿Se le ocurre a usted un medio de transporte seguro y eficaz?

–Un tractor con un remolque, no existe otro.

–¿Dónde lo encuentro?

–Cualquier vecino estará dispuesto, no hay que preocuparse.

Varios de ellos ya habían formado corro en torno al cabo y el cura, atentos a la conversación.

Justino *el Borau* intervino para dar una pista:

–Felipe *el Ferrero* es el recogemuertos –dijo.

Felipe sonrió con suficiencia, y el cabo inquirió más detalles:

–¿Quiere decir que tienen establecido un servicio para estos casos?

–No –aclaró Felipe *el Ferrero*–, pero casi siempre me toca a mí.

–¿Por qué?

–Porque soy el herrero.

–No veo la relación entre una cosa y otra –se extrañó el cabo.

–No hablemos más: voy a buscar el tractor con el remolque y de paso echaré el soplete.

–¿El soplete?

–Por eso recurren a mí, porque muchas veces no los pueden sacar de la carrocería y hay que cortar la chapa con el soplete.

El cabo Senante Gómez Requena comprendió de inmediato y dijo los cargaremos tan pronto como llegue el juez, procure estar de vuelta para entonces, y Felipe Iguacel, alias el Ferrero, volvió a sonreír con suficiencia.

–Voy volando –dijo.

Se abrió paso río abajo y desapareció tras la revuelta. Mosén Hilario recuperó su actitud orante, el cabo se fue hacia el coche con la carpeta de documentos bajo el brazo y doña Crisanda preguntó el porqué de tanta conversación.

–Pues aún preguntaría más si estuviera bien de la vista –se burló Justino *el Borau*.

–Y tú estarías mejor con la lengua cortada –se le revolvió la Loba.

–¿Qué ha dicho? –insistió doña Crisanda.

Rosario Fanlo Suelves, alias la Loba, tomó del brazo a doña Crisanda y le susurró la información al oído, para no tener que dar tres cuartos al pregonero.

–El juez debe de estar al llegar –le dijo–, porque el cabo ha pedido un remolque para cargar a los muertos.

A las doce cuarenta y tres, el guardia Longás y el guardia Martínez daban vueltas indecisos en torno al vehículo, una vez fallidos sus intentos de forzar la puerta delantera del lateral izquierdo, la que servía de acceso al asiento del conductor, por lo que el cabo Senante Gómez Requena les soltó una buena reprimenda, son ustedes una pareja de inútiles indignos de vestir el uniforme de la Guardia Civil, yo sólo necesito la documentación de la víctima, el carné de identidad simplemente, para contrastar su nombre y apellidos y saber si se trata realmente de Carlos Bielsa Ferrer, ¿comprendido?, y el guardia Longás y el guardia Martínez le miraron asombrados, porque lo que no terminaban de comprender era para qué necesitaba el cabo Senante la documentación del muerto si ya lo tenía plenamente identificado.

Cuarta parte

Carlos Bielsa Ferrer, hijo de Teodoro y de María, treinta años, soltero.

En el reloj de la torre parroquial sonó una sola campanada que se expandió por el valle. El cabo Senante Gómez Requena comprobó su reloj de pulsera, la una ya, confirmó, y sin noticias del teniente, todo igual, con el sol cayendo verticalmente y un cadáver sin identificar.

–Guardia Longás –ordenó–, métase por el parabrisas.

El guardia Longás tardó en decidirse, contemplando el parabrisas, una abertura rectangular que había quedado en forma de ocho a consecuencia de los golpes contra las rocas.

–¿Por el parabrisas? –preguntó, incrédulo.

–Sí. Súbase sobre el capó.

Obedeció el guardia Longás, porque las órdenes no se discuten: subió sobre el capó y se tumbó boca abajo, con el fin de llegar estirando los brazos hasta el cuerpo del hombre que murió con la cabeza fuera de la ventanilla, la boca entreabierta.

–Ahora regístrele los bolsillos –siguió ordenando el cabo.

El guardia Longás introdujo los brazos a través del parabrisas, sin atreverse a mirar, hasta que tropezó con el muerto; le faltaba una cuarta para poder maniobrar con facilidad, ya que sólo llegaba a tocarlo con la punta de los dedos, de manera que impulsó su cuerpo hacia adelante, deslizándose sobre la chapa, hasta que alcanzó las ropas del difunto y empezó a tantearlas en busca de los bolsillos donde pudiera guardar la documentación, pero los encontró vacíos. Únicamente le faltaba mirar en el bolsillo trasero del pantalón y metió la mano derecha por el respaldo del asiento, mientras se ayudaba con la izquierda para introducirse más en el interior del vehículo. Así llegó a tocar con los dedos la cartera; la sujetó entre el índice y el anular y tiró de ella, oprimida por el propio peso del muerto, completamente rígido, y se resistió a salir. Entonces el guardia Longás continuó avanzando sobre el capó del coche, hasta que se le venció el cuerpo y fue a dar con su cabeza sobre el cadáver. Ahogó un grito de pavor y quedó con las piernas en alto, agitándolas nerviosamente. El cabo Senante Gómez Requena no sabía si reír o llorar cuando se acercó y sujetó por las piernas al guardia Longás.

–Ayúdeme –pidió al guardia Martínez.

Entre los dos, tirando de las piernas, pudieron sacarlo al fin, ante la multitud expectante que seguía de cerca la complicada operación.

Una vez repuesto del susto, el guardia Longás informó al cabo:

–La cartera está en el bolsillo trasero del pantalón: difícil de sacar porque el muerto carga su peso sobre ella.

–Bien, que le releve ahora el guardia Martínez –dispuso el cabo Senante–. Guardia Martínez, inténtelo usted.

–Yo soy más bajo de estatura que el guardia Longás –se defendió el aludido–, tengo los brazos más cortos y se me vencerá el cuerpo con mayor facilidad.

–Ya le sujetaremos por las piernas.

El guardia Martínez se tumbó sobre el capó, arrastrándose hacia el interior del vehículo; como quiera que contaba con la ayuda del cabo Senante y del guardia Longás, que le impulsaban sin soltarle las piernas, echó los dos brazos adelante a través del parabrisas, a fin de sujetarse con una de las manos en la parte superior del respaldo del asiento –sobre el hombro del muerto–, en tanto que con la otra se ocupaba de sacar la cartera.

–Ya la tengo –anunció.

Era la señal convenida para que el cabo Senante y el guardia Longás empezaran la recuperación del guardia Martínez agarrándole con fuerza de las piernas y tirando hacia sí.

De nuevo en tierra firme, el guardia Martínez suspiró aliviado, al tiempo que entregaba la cartera al cabo Senante.

–El que faltaba –dijo.

Rosario *la Loba* se adelantó entonces con la manta que le quedaba y cubrió como pudo el cadáver, procurando que no se le viera la cabeza ni aquel gesto del rostro, terrorífico y estremecedor, con la boca abierta.

El cabo Senante Gómez Requena abrió la cartera del muerto y revisó su contenido, nada de particular, una agenda con direcciones, cierta cantidad de dinero, el permiso de conducir y el documento de identidad a nombre de Carlos Bielsa Ferrer, hijo de Teodoro y de María, treinta años, soltero. Los datos coincidían con los que le había facilitado el alguacil, disipando así cualquier posible duda. Metió la documentación en la carpeta y ofreció un cigarrillo a sus subordinados. Aprovechó para secarse el sudor que le empapaba la frente y se encaminó a la piedra que había elegido como asiento, en espera de que llegara el teniente con el juez y el médico forense. Mientras tanto, completaría su informe con los datos que le faltaban. Dio una prolongada chupada al cigarrillo y expulsó el humo después de saborearlo profundamente. Luego abrió la carpeta, sacó sus papeles y escribió el nombre de Carlos Bielsa Ferrer, hijo de Teodoro y de María, ocupante del asiento delantero del vehículo, junto al conductor. Por la posición del cuerpo cabe suponer también que murió horas después de producirse el accidente, puesto que tenía la cabeza asomada por la ventanilla, con la boca entreabierta en petición de auxilio. Aunque presentaba heridas superficiales en el rostro, causadas seguramente por la rotura del parabrisas, su muerte habrá que achacarla mejor a la abundante sangría sufrida, a juzgar por la cantidad de sangre que se apreciaba en el asiento. El cabo Senante se detuvo en este punto por estimar que estaba irrumpiendo en el campo del médico forense, y tachó el último párrafo. Bastaba con la simple descripción de cómo lo encontraron, por más que seguía igual, pues el cabo Senante puso especial cuidado en que no cambiaran de posición los cuerpos de los muertos hasta que el juez decretara lo que procedía hacer con ellos, y así continuaban, con su noche recobrada bajo las mantas que les tendió misericordiosamente Rosario Fanlo Suelves, alias la Loba.

A la una y diecisiete llegó Felipe *el Ferrero* con el remolque.

–¿Dónde lo dejo? –preguntó.

–Ahí, junto a los restos del coche –le indicó el cabo.

Sobre el remolque iba el soplete con su correspondiente bombona de gas para hacerlo funcionar. Allí quedó, a la espera también de que llegara el teniente con el juez y el médico forense.

Felipe Iguacel, alias el Ferrero, bajó del tractor y se fue con los suyos, formando corro con los vecinos del pueblo que le acosaron a preguntas, por más que estaba ignorante de todo, no sé más que vosotros, les dijo, salvo el informe que me ha dado Isidoro el alguacil referente a una boda que no se ha podido celebrar por falta del novio, ya que al parecer se encuentra entre los muertos, no habló más Felipe *el Ferrero* y fue suficiente para que el murmullo se extendiera entre la multitud.

–¿Dónde está el novio? –inquirió doña Crisanda.

–Es uno de los cuatro, según conjeturas del alguacil –comentó la Loba–; pero adivina quién te vio.

–¿Y qué hacía por estos andurriales?

–Celebrar su despedida de soltero.

–¡Jesús!

Doña Crisanda iba de sorpresa en sorpresa, de asombro en

asombro, recopilando imágenes y palabras mentalmente, como en una película, viendo en su pantalla interior a la novia vestida de blanco, radiante, plantada en la puerta de la iglesia, esperando al novio que no llegaba, llorando, rota la ilusión de blanco.

El guardia Fernández, el guardia Salinas y el guardia Escartín se paseaban con las metralletas manteniendo a raya a la multitud. Se miraban a intervalos e intercambiaban algunas frases relativas a la tardanza del juez y a lo prolongado del servicio.

–Como tarde mucho, nos quedaremos sin comer –intervino Justino *el Borau,* que no se perdía una conversación.

–¿Aún piensas en comer, con lo que tienes delante? –le recriminó la Loba.

–Ya conoces el refrán: el muerto al hoyo y el vivo al bollo.

–Calla.

–¿Qué dice? –preguntó doña Crisanda.

–Inconveniencias, como siempre.

–Ya.

Mosén Hilario propuso de nuevo el rezo del santo rosario, porque sólo con la oración, dijo, podemos ayudar a los muertos; pero el cabo Senante continuó oponiéndose alegando lo impropio del momento, ya que faltaba todavía la diligencia judicial.

–No estamos para rezos –advirtió.

–Es por las almas de esos pobres infortunados.

–Pues, mire usted –explicó el cabo, dándoselas de entendido en cuestiones legales–: da la casualidad de que todavía no están oficialmente muertos, en tanto no los examine el médico forense y el juez decida levantar los cadáveres.

–¿Quiere usted decir?

–Yo no; la ley.

El cabo Senante Gómez Requena miró extrañado al cura, porque pensó que un sacerdote está obligado a conocer esos principios elementales, ya que una muerte violenta no es lo mismo que una muerte natural. Por eso hay que cumplir con los requisitos legales. Sucede también con la autopsia, cuando se piensa en la inutilidad de la misma, una vez conocidas las causas de la defunción; sin embargo, razonó el cabo Senante, olvidan que a veces no existe correlación entre la causa aparente y la causa determinante, porque una muerte violenta puede presentarse bajo múltiples aspectos engañosos. Allí mismo, todos estaban de acuerdo en que la causa era el accidente, sin pensar en que éste pudo ser provocado, con lo cual se encubriría un asesinato, un atentado criminal, bajo una falsa apariencia. Habría que determinar las causas propiamente dichas y abrir luego un sumario en el que figuraran los informes emitidos por los expertos, entre ellos el médico forense. Cada accidente, por insignificante que pareciera, era objeto de un expediente judicial. Así se lo hizo ver al sacerdote.

–Ignoraba que todo fuese tan complejo –dijo mosén Hilario.

–Además, el juez citará a las personas que estime conveniente y les tomará la oportuna declaración –prosiguió el cabo–. Naturalmente, nosotros seremos citados en primer lugar, porque la causa se abre a partir del atestado.

–Todo eso está bien, aunque lo vea demasiado enrevesado –alegó el cura–, pero no es inconveniente serio para que nos abstengamos de rezar el rosario, que sirve lo mismo para los muertos que para los vivos.

–¿Le importa esperar a que llegue el juez? –el cabo Senante le habló a punto de perder la paciencia–. No tenga prisa, que ya le llegarán los muertos a su debido tiempo. Al final siempre pasan a sus manos. Es el último trámite.

Mosén Hilario no replicó y juntó las manos de nuevo en actitud orante, elevando la mirada al cielo, perdónalo, Señor, y siguió rezando para sí, con un muerto a los pies y tres más a escasa distancia.

El cabo Senante Gómez Requena también elevó su mirada a las alturas, pero por distinto motivo, oteando los senderos que enlazaban con la carretera a través del abismo, por si veía llegar al teniente en compañía del juez y del médico forense, pero todo estaba en calma bajo el sol del mediodía, un cenit de luz y calor que reclamaba para sí la posesión absoluta de la tierra, campando por sus respetos, cayendo implacable sobre los seres vivientes, obligados a buscar las sombras para refugiarse. Sin embargo, ellos continuaban allí, a pie firme, al igual que la multitud apelotonada en el río, nosotros por obligación y ellos por devoción, pensó el cabo, pero todos escoltando a la muerte.

Una vez identificados los cuatro cadáveres, nada restaba por hacer sino esperar, a vueltas con las cábalas y las suposiciones, incógnitas que se despejaban solas con dar tiempo al tiempo. El cabo Senante llegó a conclusiones sorprendentes. La verdadera historia del accidente había tomado derivaciones insospechadas al concurrir circunstancias emotivas en la misma, tales como la muerte del novio que debió contraer matrimonio aquella mañana, a las doce en punto –sean puntuales, no se retrasen–, y ahora lo tenían allí de cuerpo presente, con la novia vestida de blanco, ignorante de lo sucedido. El cabo Senante no pudo averiguar cuál de los cuatro era el novio, pero imaginó historias semejantes en todos ellos, de espera y frustración.

Volvió a secarse el sudor de la frente y del cogote. Caía un sol de justicia impropio de la estación, porque todavía faltaban varias semanas para el verano. No comprendía cómo un día tan hermoso encerraba tanta tristeza. El silencio del mediodía, muy semejante al crepúsculo, pero anegado de luz, invadía el valle. Abajo, en el río, se detuvo la brisa y se remansó el calor.

El cabo Senante observó a la multitud, un público atento y ferviente, dispuesto a no perderse el espectáculo hasta el final. La muerte constituye en sí el más grandioso espectáculo.

El guardia Longás y el guardia Martínez se sumaron a sus compañeros en la tarea de contener al público para que no invadiera el lugar del accidente, una vez cumplida la misión que les encomendara el cabo Senante.

Los recién llegados inquirían detalles, cuándo ocurrió, cuántos son los muertos, y los del pueblo repetían la narración de los hechos añadiendo siempre alguna novedad, por lo que la historia fue quedando bastante desfigurada. Algunos explicaban cómo se despeñó el coche, estrellándose de roca en roca antes de llegar al río, y cómo los cuatro ocupantes del mismo vivieron su odisea final hasta que murieron por falta de ayuda; relataban las escenas con tal verismo y apasionamiento, que cualquiera los hubiera tomado por testigos presenciales.

Doña Crisanda era una de las personas mejor enteradas, de las que más sabía, pues a fuerza de preguntar y grabarse por dentro imágenes y palabras estaba en condiciones de ofrecer una versión íntegra del accidente.

Entre tanto comentario dispar, sólo el cabo Senante Gómez Requena conocía con detalle cómo acaecieron los hechos, de una manera veraz y equilibrada, con anotaciones meticulosas reflejadas en un informe riguroso y exacto, que a buen seguro le valdría la felicitación de sus superiores. Abrió la abultada carpeta y repasó los folios escritos con letra clara de pendolista, casi redondilla. Allí tenía condensada la historia de cuatro hombres jóvenes, en las catorce últimas horas de su vida: Antonio Ramos Fernández, hijo de Antonio y de Casilda, veintisiete años, soltero; Ramiro Álvarez mesa, hijo de Tomás y de Virginia, veintiocho años, casado; Pedro Jarabo Aspas, hijo de Pedro y de Consuelo, veintiséis años, soltero, y Carlos Bielsa

Ferrer, hijo de Teodoro y de María, treinta años, soltero. Aunque el cabo Senante había procurado recoger en su informe numerosos detalles anecdóticos, faltaba por rellenar en parte aquel paréntesis de catorce horas –exactamente trece y cincuenta minutos– que se prestaba a tantas suposiciones y conjeturas; en el informe se especulaba con ese período de tiempo y era preciso reconocer el esfuerzo de imaginación realizado por el cabo Senante.

Releyó los nombres de las víctimas y luego llamó al guardia Longás:

–¿Cuál de ellos será el novio? –preguntó.

–Hay que eliminar a uno, puesto que ya estaba casado –razonó el guardia Longás–; de manera que nos quedan tres.

–Eso ya lo sé.

El guardia Longás no le sacó de dudas, por lo que el cabo Senante conjeturó por su cuenta para llegar a la conclusión de que Carlos Bielsa Ferrer, hijo de Teodoro y de María, superaba en años a sus compañeros, treinta cumplidos, lo que le daba una clara opción para ser el novio, si bien tampoco había que fundamentar el hecho en razón de la edad, dado que el único casado de los cuatro acababa de cumplir los veintiocho años. La disposición de los cadáveres tampoco le podía ayudar demasiado.

–Guardia Longás –pidió el cabo–, mire a ver si encuentra alguna invitación de boda por el interior del coche.

–¿Dónde busco? –preguntó el guardia Longás sin acabar de comprender.

–En la guantera, en cualquier parte. Revise todos los papeles que encuentre.

El guardia Longás se dispuso a cumplir la orden de mala gana, lo que faltaba, después de los apuros pasados para dar con la documentación de cada uno, y observó primero el panorama dando una vuelta completa alrededor del vehículo.

–La guantera está abierta y vacía –observó.

–Pues mire por el suelo.

–¿Para qué necesita ahora una invitación de boda?

–Usted búsquela y no haga preguntas.

Carlos se lo dijo a la salida de la parroquia, cuando acudió a firmar como testigo y Antonio se quejó de tanto papeleo.

–No tienes por qué precipitar la boda.

–¿Para qué demorarla más?

–Hace unos meses tan sólo que sales con ella.

–Nos conocemos de toda la vida.

Carlos calló, comprendiendo que nada conseguiría con palabras; tampoco quiso insistir demasiado para que Antonio no entrara en sospechas.

En realidad, aquellos meses de noviazgo casi sumaban un año. Carlos recordó el día en que se la presentó:

–Aquí, Mercedes.

Tomaron unas copas juntos los tres, Antonio conversando animadamente con Mercedes, riendo los dos, y él sin comprender exactamente de qué reían. No parecía que acababan de conocerse, ni mucho menos. Sin embargo, Carlos no le concedió demasiada importancia al hecho hasta pasado algún tiempo, cuando hubo perdido a Mercedes, porque a partir de aquella tarde ya no volvió a saber de ella, por más que la llamó telefónicamente y acudió a buscarla a su apartamento. Nunca estaba o bien se negaba a contestar. Lo supo semanas más tarde, cuando se lo comunicó Antonio.

–Salgo con Mercedes. No te importa, ¿verdad?

–No, en absoluto –mintió Carlos.

–Somos novios –añadió Antonio.

–¿En serio?

–Claro.

Carlos se mordió la lengua para no decir lo que sentía, y aquel mismo día escribió una carta a Mercedes de la que luego se arrepintió, ya que suponía poner una prueba innecesaria en sus manos. Hubiera preferido que se lo dijera ella en lugar de Antonio. En cuanto al noviazgo, no acabó de creérselo, y menos aún de que fuera en serio, con las relaciones debidamente formalizadas.

Nada dio a entender a Antonio, en razón de la amistad que les unía, ya se le pasará, pensó, y entonces hablaremos; pero al cabo de sólo unos meses se encontró con que Antonio le esperaba en la parroquia donde tenía que firmar como testigo para tramitar los papeles de boda. Sin salir de su asombro, acudió puntualmente a la cita.

–Antonio, ¿te lo has pensado bien?

–Naturalmente. Tú me la presentaste, ¿recuerdas?

–Sí.

–Mercedes me habla mucho de ti.

Carlos palideció, sin entender una sola palabra de lo que estaba sucediendo; era el mayor de los amigos en edad, el más veterano, el hombre experimentado, y de pronto se encontraba totalmente desguarnecido, ignorándolo todo.

Sus relaciones con Mercedes fueron más allá de una simple amistad y Antonio tenía que saberlo, puesto que la convivencia con ella –había que denominarla así– duró cerca de dos años, y ni Mercedes ni él se preocuparon de ocultar la clase de relación que les unía. Se necesitaba estar ciego. Para colmo, Antonio pidiéndole, precisamente a él, que firmara como testigo en la parroquia.

Supo de las aventuras anteriores de Mercedes con Ramiro y Pedro, aunque nada comentaron entre sí, y Carlos temió verse envuelto en una trampa, estrechándole el cerco invisible, preso en la red fatal, Mercedes en el centro, moviendo los hilos de aquel laberinto misterioso.

Conoció a Mercedes por pura casualidad, el azar la puso a su lado. No hubo presentaciones. Coincidieron en la cafetería, los dos apoyados en la barra, codo con codo. Se miraron y Mercedes sonrió.

–Hola.

–Hola.

Así entablaron conversación. Carlos la confundió con una buscona y tardó varios días en averiguar que no lo era, después de que intimaron y salieron juntos.

Al principio, Mercedes no le dejó que se propasara.

–Tú quieres ir demasiado deprisa –le dijo.

Carlos no estaba para perder el tiempo, porque a los treinta años ya no se anda con rodeos –aunque apenas había cumplido los veintiocho cuando conoció a Mercedes–; al menos él lo pensaba así, pero ella ejercía una atracción especial como para abandonar a las primeras de cambio. Descubrió que pertenecía a una familia acomodada y ello excitó más su curiosidad. Mercedes se desenvolvía con espontánea sencillez, desprovista de artificios, conforme correspondía a una mujer culta e inteligente. Le costó nueve días tenerla entre sus brazos, besarla, y le sorprendió el apasionamiento con que correspondió Mercedes, cual si obedeciera a un pronto repentino. Carlos lo achacó al deseo reprimido estallando en el momento justo, cuando ella dijo ahora, porque sucedió así realmente, aquello no fue consecuencia de la perseverancia tenaz y obsesiva puesta de manifiesto por él, sino de la voluntad dominante de ella. Sucedería así en lo sucesivo, y Carlos se dejó querer para seguir conservando lo que consideraba un privilegio, porque Mercedes no le planteaba problemas, ni le hablaba de matrimonio; además, disponía de su propio apartamento donde poder expansionarse libremente, sin temor a posibles indiscreciones. Por aquel entonces, Mercedes tampoco se mostraba partidaria del matrimonio, porque sostenía que el amor es un don divino y aquellos que no lo tienen pierden el tiempo tratando de alcanzarlo con sólo pasar por el juzgado y la iglesia. Satisfacer el deseo carnal es otra cosa; basta con imitar a los animales irracionales.

–Si no sientes –decía Mercedes–, ni sufres, ni gozas.

El ideal podía encontrarse en esa mezcla de gozo-sufrimiento que humaniza a los seres, el equilibrio de los sentidos dirigidos por el cerebro-corazón.

Transcurrieron las semanas y los meses y Carlos vivió feliz con Mercedes, cuyo pasado no pareció preocuparle. «Aunque parezca un contrasentido, a un hombre le preocupa el pasado de una mujer en la medida en que se va preocupando de su futuro», pensó Carlos. Uno pasa por todo cuando se trata únicamente de apresar el presente y gozarlo en su plenitud; sin embargo, la planificación de un futuro en común convivencia suele realizarse por lo general en base al pasado, para tener así el exclusivismo total de una vida, opción egoísta que Mercedes no compartía, porque sólo existe una vida y es la que vivimos cotidianamente. Bien mirado, aquella convivencia prolongada pudo ser fruto de la comodidad, quedándose siempre en la superficie, sin llegar a profundizar demasiado en ningún momento.

Mercedes se fue con la misma naturalidad y sencillez que había llegado, sin presentaciones ni despedidas, sin huellas ni recuerdos, únicamente la vida de hoy como testimonio de la existencia.

–Lo pasado no es lo que se ha vivido, sino lo que se ha muerto –le dijo Mercedes.

De no ser por Antonio, jamás habría sabido de su paradero, y maldijo la coincidencia atrapándole en sus redes poderosas y ocultas.

–El sábado celebraremos la despedida de soltero en la montaña.

—¿Estás loco?

Antonio lo tenía decidido, en la montaña es donde uno se encuentra a sí mismo, queremos que sea allí —se refería a Mercedes también—, y expuso las razones que le parecieron más convincentes.

—Ya he reservado la fecha.

—¿En la víspera de la boda?

—Así será una despedida de verdad.

No hubo manera de convencerle, por más que a Carlos continuaba pareciéndole una locura. Para completarla, Antonio propuso viajar en su propio coche los cuatro —Carlos, Ramiro, Pedro, él mismo—, sin concederles otra posibilidad de elección.

—Conduciré yo —dijo.

—¿Por qué?

—Ese día deseo teneros cerca, porque después todo cambiará.

A Carlos le pareció notar una segunda intención en aquellas palabras, y el sábado tomó asiento al lado de Antonio, que iba al volante, dispuesto a celebrar con los demás su despedida de soltero. Ramiro y Pedro ocuparon el asiento trasero, un tanto preocupados por el desarrollo de los acontecimientos.

—Tenemos que llegar los primeros, con el fin de revisarlo todo para que salga bien —expuso Antonio.

—Tranquilo, no corras —le recomendó Carlos.

Recordó haber repetido aquellas mismas palabras hacía unos instantes —¿o había sido después?—, no corras, cuando Ramiro preguntó qué pasa y Pedro gritó mataos vosotros si queréis, recomendándoles que se agarraran bien, antes del vacío y del estruendo enloquecedor. Se llevó las manos a la cabeza y se le bañaron de sangre; trató de mover las piernas, aguantando el dolor, y descubrió que las tenía aprisionadas entre el salpicadero y el chasis del coche. Le resonaban extrañas voces en los oídos y se los apretó con fuerza. Sumido en la oscuridad profunda, le pareció escuchar la voz de Antonio, a su lado, y se volvió para recriminarle:

–Te dije que no corrieras.

–Carlos, ¿estás bien? –se interesó Antonio.

–Las piernas.

–¿Qué te pasa en las piernas?

–No puedo sacarlas de entre la chapa. Y me sangra la cabeza.

–También a mí.

–¿Dónde hemos caído?

–No lo sé.

–Tenemos que averiguarlo.

Carlos Bielsa Ferrer, hijo de Teodoro y de María, respiraba con dificultad. Calló para no malgastar esfuerzos y pensó acongojado en Ramiro y en Pedro, cuyo significativo silencio era de suyo elocuente. Miró al exterior y sólo vio noche, distintas tonalidades de negro, según la intensidad de las sombras y la proximidad de los objetos. Ni una luz a lo lejos como referencia de vida.

–Hemos caído al río –anunció Antonio, de pronto.

–¿Qué dices?

–Oigo los murmullos de las aguas.

Carlos aguzó el oído y escuchó la risa cantarina del río pregonando secretos de las cumbres.

–¿Y Ramiro y Pedro? –se interesó.

–No contestan; deben de estar inconscientes.

Inconscientes o muertos, pensó Carlos, con el dolor subiéndosele a la garganta, y permaneció silencioso hasta que le llegó un gemido de la parte de atrás, como esperanza de vida, uno respiraba al menos, su corazón seguía latiendo.

–¿Puedes ayudarme? – le pidió Antonio.

–¿Qué quieres?

Antonio luchaba por liberarse, con el pecho incrustado

prácticamente en el volante y el respaldo del asiento vencido hacia él, atenazándole; pero Carlos no pudo prestarle la mínima ayuda, porque sentía el cuerpo inmovilizado, sin fuerza en sus brazos y manos.

–Espera a Ramiro y a Pedro –le dijo–, a ver si dan señales de vida.

–Sí, están vivos.

Como respuesta a estas palabras, más bien confirmación, se volvió a escuchar otro gemido similar al anterior, y Antonio llamó Ramiro, llamó Pedro, y esta vez respondió a la llamada una voz débil y susurrante, totalmente irreconocible, por lo que no se pudo saber a quién pertenecía, si a Ramiro o a Pedro, y Antonio preguntó:

–¿Quién eres?

Pedro se identificó después de un breve silencio, pronunciando su nombre.

–¿Y Ramiro? –continuó preguntando Antonio.

–Parece que duerme. ¿Dónde estamos?

Carlos Bielsa Ferrer llamó también a Ramiro, el único casado de los cuatro.

–No contesta –dijo Pedro, asustado.

Antonio le pidió que intentara llegar a Ramiro, tocarle; pero Pedro, atrapado también entre las chapas y los hierros retorcidos, explicó que sólo podía mover un brazo, precisamente el izquierdo, lo cual le dificultaba para acercarse a su compañero de asiento, caído en la parte contraria.

–Inténtalo de todas formas –insistió Antonio.

–¿Y si está muerto?

–¡Cállate!

Antonio se puso fuera de sí, más aún cuando Carlos vaticinó la muerte irremisiblemente, mis piernas ya están muertas, dijo, no las siento, y Antonio le cortó con palabras enérgicas y airadas, impropias del momento, aguanta, como si uno pudiera vencer por sí mismo la fatalidad del destino.

Pedro emitió varios gemidos más y Carlos supuso que se debería al esfuerzo realizado para conseguir acercarse a Ramiro. Sin embargo, sólo sucedió el silencio, largo y prolongado, mientras Antonio manipulaba en el volante –Carlos lo veía como una sombra moviéndose–, intentando su liberación.

–¿Crees que podremos salir de aquí? –preguntó Carlos.

–Saldremos.

Le chocó la seguridad de Antonio, cuando carecía de fundamento para ello.

Pedro repitió su gemido característico y a continuación exclamó con voz recuperada en parte:

–Ramiro vive aún. Respira.

–¿Y qué?

Parecía imposible y Carlos aprovechó para manifestar su escepticismo.

–Entre los cuatro –señaló Pedro–, alguno habrá que pueda salir a pedir ayuda.

–Nadie.

–La boda será mañana, a las doce.

–No pienses en ello.

–Mercedes me espera.

–Olvídate.

Le dolía también escuchar el nombre de Mercedes, atrapado en aquel laberinto del que no saldría jamás, porque todo tenía trazas de un laberinto fantástico, en el que se adentraron los cuatro inocentemente, cegados por la engañosa felicidad. Antonio pidió un pañuelo –¿para taponarse las heridas quizás?–, y Carlos le dio el que llevaba ordinariamente en el bolsillo exterior izquierdo de la chaqueta, junto a la solapa. Al poco, Antonio volvió a las andadas.

–Carlos, ¿cómo conociste a Mercedes?

Aquel detalle no importaba en aquellos momentos, cuando la impotencia taponaba todas las salidas.

–Era tu amiga.

–Sí.

–¿Qué más?

–Nada más.

Demasiado tarde para entregarse al peligroso juego de la verdad. Así se lo hizo saber también a Ramiro cuando recibió su llamada telefónica en el bar, ¿qué objeto tenía romper la felicidad de dos seres?; también él le había dado muchas vueltas al asunto para llegar a la conclusión de que era mejor dejar las cosas como estaban, con una conjura de silencio por parte de todos.

–Parece obra del demonio –le confesó a Pedro cuando abordaron el tema–; resulta imposible tanta coincidencia.

Pedro fue a verle al bar cuatro días antes de la despedida de soltero, cuando faltaban cinco para la boda.

–Si callamos ahora –dijo Pedro–, ¿cómo podremos seguir siendo sus amigos después?

Carlos expuso claramente su parecer, el riesgo que entraña en un momento dado la revelación de la verdad. ¿Asegurarían la felicidad de Antonio abriéndole bruscamente los ojos a la realidad? Para él no existía otra realidad que su amor, Mercedes de blanco, radiante. A veces, la felicidad se sustenta en el engaño, en tanto que la verdad nos hace desgraciados. Carlos comprendió que tampoco es posible vivir eternamente una felicidad basada en el engaño, porque tarde o temprano uno empieza a ver claro y la ilusión se desmorona. ¿Cuántos matrimonios resultaban positivos, según esos principios? Los menos, pero continuaban enteros, sin romperse, porque la feliz convivencia no se forja únicamente a base de amor, sino de mutua tolerancia y comprensión, que es lo que suele quedar cuando el amor desaparece. En cuanto a la amistad con Antonio, muy poco iba a quedar de ella en adelante, por cuanto se trataba del inicio de una nueva etapa en su vida; desde luego, convino Carlos, no podremos mirarle a los ojos cuando nos lo encontremos acompañado de Mercedes, pero son muchos también los que abandonan la amistad de sus amigos en cuanto se casan, y no precisamente porque concurran las mismas circunstancias que en este caso. Carlos lo tenía muy claro: bastaba con aguantar hasta el día de la boda y cumplir el trámite lo más dignamente posible, rehuyendo todo trato con Mercedes, fingiendo compartir la felicidad de la pareja.

Carlos no hablaría, así se lo hizo saber a Pedro, ¿para qué las palabras cuando nada remedian?; si Antonio se casaba ignorante de Mercedes, allá él. Aunque también pudiera ser una farsa montada entre los dos, Mercedes y Antonio. A Carlos le asaltaron lógicas dudas, acentuadas notablemente cuando llegó el día de la despedida de soltero y al emprender viaje hacia la montaña Antonio comentó con enigmática sonrisa parece como si los cuatro fuéramos a casarnos con Mercedes, así, bromeando, y Carlos bajó la cabeza, incapaz de sostener las miradas de Pedro y de Ramiro diciéndole aquí pasa algo raro, tenemos que hablar, y partieron raudos porque Antonio tenía prisa, sin atender los consejos de Carlos, no corras.

Llegaron los primeros, de acuerdo con lo previsto, y se ocuparon los cuatro de revisar los preparativos para la merienda-cena. El sol doraba aún el horizonte, amarillo y anaranjado, anunciando la proximidad de esa hora sublime del crepúsculo, cuando la tierra calla.

Los demás fueron llegando con escasos intervalos de tiempo. Se juntaron alrededor de treinta, que tomaron asiento en torno a una gran mesa redonda, más bien varias mesas puestas en círculo –Antonio lo quiso así–, y antes de empezar a comer se levantaron para brindar por el novio, las copas en alto, entrechocándolas. El ambiente subió de tono en la misma proporción que bajaba el de las viandas y las bebidas, de manera que se sucedían los brindis acompañados de vítores y aplausos, con visible complacencia por parte de Antonio, siempre con la copa en la mano dispuesto a brindar, aunque sin probar el líquido tan apenas, porque sólo acercaba la copa a sus labios, sin beber, sonriendo para disimular, y así esperaba el brindis siguiente. Carlos se tranquilizó al comprobar cómo se controlaba Antonio, al menos mientras le estuvo observando.

Luego, en lo más animado de la fiesta, Antonio se le acercó para decirle:

–Carlos, vámonos.

–¿Tan pronto?

–Mañana es la boda. Quiero estar sereno para la ceremonia.

Carlos le pidió que aguardara un poco, en tanto reunía a Ramiro y a Pedro, porque hemos subido juntos y juntos bajaremos; pero Antonio le retuvo por el brazo, la mano crispada.

–Carlos.

–¿Qué te pasa ahora?

–Ramiro y Pedro querían decirme algo y no se han atrevido.

–Aprensiones tuyas.

La evasiva de Carlos no pareció convencer a Antonio, porque insistió mirándole de frente, grave el acento:

–¿Lo sabes tú?

–¿Qué había de saber?

–No sé.

Carlos se sintió acorralado por primera vez, sin acertar a salir del atolladero. Benjamín Alvira, tan metepatas como de costumbre, gritó viva san Cornelio y todos le aplaudieron la gracia.

Poco después se le acercó nuevamente Antonio, dándole prisa:

–Vamos. Es tarde.

Localizó a Pedro y a Ramiro, serios los dos, dispuestos también para emprender el viaje de regreso, y le confesaron que estuvieron dispuestos a revelarle la verdad a Antonio, pero que les faltó valor.

–¿Para qué cruzarnos en la felicidad de los demás?

Antonio recibió los últimos abrazos y apretones de manos entre vítores y aplausos, al tiempo que se dirigía a la puerta de salida, donde le esperaban Carlos, Ramiro y Pedro. Fuera reinaba ya la oscuridad; la noche llegó rápidamente, cuando el sol cayó desmayado tras las últimas cumbres que cerraban el horizonte.

–Lástima –musitó Carlos–, en lo más animado de la reunión.

Antonio le invitó a quedarse, pero Carlos rehusó, no vamos a dejarte solo en el último instante. Intercambiaron unas palabras más relativas a la noche, con Antonio ensimismado, su mirada más allá de la oscuridad, y emprendieron viaje de regreso tras la brusca arrancada del vehículo y el rápido viraje para alcanzar la carretera.

–No corras.

Sólo recorrieron unos pocos kilómetros así, porque Antonio detuvo el coche junto a un parador que prolongaba sus luces sobre la carretera y propuso un brindis los cuatro, así es que entraron y tomaron asiento en torno a una mesa. Antonio pidió champán y se levantaron para brindar con las copas en alto, por la amistad, y fue entonces cuando Antonio puso el juego al descubierto pronunciando aquellas palabras:

–Ya estamos los cuatro solos, ya podemos hablar claro.

Carlos aparentó indiferencia, se encogió de hombros y le invitó a seguir:

–Tú dirás.

Entonces Antonio reafirmó su voluntad de casarse con Mercedes, para que no hubiera dudas, y les desafió a que hablaran, cuando ya no era tiempo de hablar. Ramiro y Pedro soslayaron el tema, todavía somos tus amigos, nos tienes; únicamente Carlos permaneció callado, como ausente, y Antonio se dirigió a él:

–¿Nada que alegar, Carlos?

–Ya te lo he dicho: aprensiones tuyas.

Bebieron otra copa en silencio, mirándose de reojo unos a otros, a la espera de quién saltaba primero, y Carlos pegó un puñetazo sobre la mesa, sin poder soportar más aquella tirantez.

–¡Basta ya! Estamos celebrando una despedida de soltero, no un funeral.

Ramiro y Pedro asintieron y Carlos pidió otra botella.

–Tú no bebas –recomendó a Antonio–, porque tienes que conducir.

Antonio prometió que lo probaría tan sólo, y Carlos reparó entonces en la serenidad de su amigo, dueño de sus actos en todo momento.

Derivaron la conversación en trivialidades sobre la hora y Ramiro preguntó a Antonio si había llamado a Mercedes, pues debes llamarla, estará intranquila; Carlos no acababa de comprender aquello, sacando a colación el nombre de Mercedes cuando más convenía olvidarla. El resto de la conversación lo recordaba confuso, como si hubiera estado en otra parte; únicamente se le grabó en la memoria la carretera, cuando salieron del parador y Antonio volvió a pisar el acelerador a fondo, los faros rompiendo la oscuridad sobre el asfalto sembrado de curvas relampagueantes.

–Despacio, no tenemos prisa. ¿Quieres que te releve para que descanses? –se ofreció Carlos.

–No estoy cansado –replicó Antonio–; es inquietud por llegar, deseos de que todo termine cuanto antes.

Carlos quedó profundamente pensativo al escuchar aquellas palabras, repitió no corras y al poco contempló alarmado cómo el coche se iba de un lado a otro de la carretera; quiso tomar el volante pero Antonio no le dejó, las manos agarrotadas; Ramiro preguntó qué pasa, qué locura es ésta, y Pedro gritó mataos vosotros si queréis, ¿te has vuelto loco?, al tiempo que Antonio les preguntaba furioso si querían hablarle de Mercedes, para recomendarles seguidamente que se agarraran bien. Frases confusas e incoherentes, girando como un tiovivo, llenándole la cabeza de resonancias dolorosas. Carlos se llevó las manos a las sienes, cuando percibió a sus espaldas la voz susurrante y fatigada de Ramiro, preguntando:

–¿Qué ha pasado?

–Hemos sufrido un accidente –explicó Antonio–; pero no te preocupes, pronto vendrán a buscarnos.

Ramiro dijo que se encontraba completamente inmovilizado, sin poder valerse de las piernas ni los brazos.

A Carlos le subió el dolor hasta el pecho y la garganta, como un aguijón profundo convulsionándole el cuerpo, caído contra la portezuela, con la cabeza fuera de la ventanilla, en busca de oxígeno, de aire puro que respirar, y oyó cómo Antonio le llamaba sin que le fuera dado responder, hasta que sintió las manos de su amigo tanteándole, comprobando su desplazamiento súbito hacia la ventanilla.

–¿Cómo lo has conseguido, Carlos?

–Me ahogo –acertó a balbucir Carlos–, no puedo respirar.

Oyó a Ramiro, a sus espaldas, vaticinando la muerte próxima; oyó a Pedro desesperarse, nadie vendrá a buscarnos; mientras tanto, él, Carlos, se ahogaba por falta de aire y porque el dolor se le había subido a la garganta.

–Aguanta, Carlos, aguanta –le animó Antonio–. He logrado abrir hueco entre el respaldo del asiento y el volante; un poco más y lo habré conseguido.

–¿Hasta dónde piensas llegar?

Ramiro deliraba con el nombre de Cecilia entre sus labios, y Antonio repetía obsesivo la boda no se demorará, loco de sangre y oscuridad.

–Calla –pidió Carlos.

–Mercedes irá de blanco.

–Mercedes... –Carlos se llevó las manos al pecho y a la garganta, ahogándose–. ¿Qué más da?

–Tú me la presentaste, ¿recuerdas?

–Olvídalo.

–¿Cómo voy a olvidarlo?

–Es como todas.

Carlos Bielsa Ferrer, hijo de Teodoro y de María, tosió por dentro, en lo profundo, de manera que su tos quedó convertida en estertor, y se sintió morir.

Tiempo después –¿cuánto?– se asombró a sí mismo escuchando de nuevo la voz de Antonio, un poco más y lo conseguiré, y Carlos negó débilmente, convenciéndose de que seguía vivo, aunque sufrió un desvanecimiento a causa de tanto dolor.

Antonio solicitaba la colaboración de Pedro, impedido también, prisionero entre chapas y hierros retorcidos, con un solo brazo libre, el izquierdo.

–Utilízalo –la voz de Antonio sonó como una orden.

Después, otra vez el silencio, alterado únicamente por los forcejeos de Antonio para liberarse, abriéndose paso entre el volante y el respaldo del asiento. Se tomó un descanso, que aprovechó para preguntar.

–¿Podéis oírme?

Consiguió sus propósitos de hacerse escuchar para volver a la carga, cual si estuviera fuera de sí, perdida la razón.

–Tú, Carlos, me presentaste a Mercedes. Era tu amiga. ¿Cómo la conociste?

–No me tortures con las mismas preguntas siempre.

–¿Cómo la conociste?

Ramiro y Pedro salieron en su ayuda, no tiene objeto hablar de Mercedes ahora, no sigas, pero Antonio dijo ahora es el momento de la verdad, los tres la conocísteis antes que yo y no queréis decirme en qué circunstancias, ha llegado el momento de que confeséis vuestro juego, y los tres –Carlos, Ramiro, Pedro– callaron porque sus palabras ya no tenían justificación en medio de la tragedia.

Minutos después, Carlos escuchó el grito jubiloso de Antonio:

–¡Lo conseguí!

–¿Qué piensas hacer ahora?

Antonio, rotas sus ligaduras, libre al fin, se refirió al pueblo próximo y condicionó su ayuda a la revelación de la verdad, de vosotros depende que vaya a pedir auxilio, de que os decidáis a hablar o no. Carlos aspiró aire fresco de la noche, en estado febril, mientras Ramiro acusaba de crueldad a Antonio. Pensó que posiblemente existía otra verdad oculta tras el accidente, la cual tampoco sería revelada, y fue entonces precisamente cuando Carlos se revistió de valor para encararse con Antonio y decirle que un enamorado ve luz donde hay oscuridad y oscuridad donde sólo hay luz, y que cuando uno se enamora deja de ser una persona normal; en cuanto a la verdad, es siempre como uno quiere y no como nos la presentan los demás. Antonio quiso interrumpirle, pero Carlos Bielsa Ferrer, hijo de Teodoro y de María, no estaba dispuesto a callar por más tiempo y prosiguió entrecortadamente, perdidas las energías iniciales:

—Te inquieta el pasado de Mercedes. ¿Qué pasado? Tu mayor preocupación nace de ignorarlo precisamente. ¿De qué te serviría conocerlo? Con el pasado no se vive, ya te lo he dicho; sólo con el presente y el futuro.

Carlos no dijo más, ahogado prácticamente en el dolor que le inundaba el cuerpo. Pensó que se trataba del fin, pero aún tuvo arrestos para preguntar a Antonio con voz ronca, quebrada:

—¿Vas a buscar ayuda?

—Sí —respondió Antonio.

—No hace falta —balbuceó Carlos—; yo no voy a necesitarla.

Fueron sus últimas palabras.

El cabo Senante Gómez Requena consultó su reloj de pulsera.

—Ya pasa de la una y media —dijo.

Miró al escarpado abismo, trepando su mirada por las intrincadas sendas, en busca del teniente que llegaría acompañado por el juez y el médico forense; pero las sendas seguían solitarias, sin registrar movimiento alguno. Aprovechó para secarse el sudor por enésima vez, con el pañuelo casi chorreante, y agradeció la fresca humedad concentrada en la tela. Después sacó un nuevo cigarrillo y se puso a fumar parsimoniosamente, contemplando los guardias con sus metralletas, dando cortos paseos sin perder la cara a la multitud allí congregada, conteniéndola. Los cuatro cadáveres también continuaban en sus puestos, cubiertos por mantas; aún así revoloteaban las moscas sobre ellos, atraídas por el olor de la muerte.

El calor aplomó los ánimos y se acallaron los comentarios entre la gente, sólo silencio velando a la muerte bajo la luz del sol, a la espera del último instante, cuando el juez procediera a levantar los cadáveres. Todos miraban expectantes en dirección al abismo, por donde descendería la comitiva; los muertos ya importaban menos, ocultos bajo las mantas. Tan sólo el que yacía sobre las piedras del río causaba alguna impresión, pues la figura del cuerpo se adivinaba de todas formas.

Mosén Hilario se hartó de paciencia y dijo:

–¿Qué hacemos aquí, de brazos cruzados? ¿Tan malos cristianos somos?

Doña Crisanda no entendió bien aquellas palabras y preguntó ingenuamente:

–¿Hemos de hacer algo?

–Rezar –replicó mosén Hilario–, es todo lo que podemos hacer.

Justino *el Borau* refunfuñó por lo bajo, todo lo arreglan rezando, a ver si les devuelven la vida con sus rezos; estuvo a punto de expresar en voz alta sus pensamientos, pero desistió al recibir un fuerte codazo de Rosario *la Loba,* que adivinó sus intenciones, perdónalo, Señor, por lo que Justino *el Borau* decidió permanecer con la boca cerrada, por si acaso.

Los monaguillos agitaron los santos óleos por encima del muerto allí presente, Antonio Ramos Fernández, hijo de Antonio y de Casilda, y dijeron amén, lo único que mosén Hilario les permitía decir.

–¡Escuchadme todos! –llamó la atención el cura–. Ahora que estamos reunidos en magna asamblea vamos a rezar el santísimo rosario por nuestros hermanos difuntos, víctimas del trágico accidente.

El cabo Senante Gómez Requena se levantó de su improvisado asiento, espoleado por las palabras del sacerdote, y dio unos pasos al frente con la abultada carpeta bajo el brazo.

–Eso no me parece serio, mosén –dijo.

–¿Cómo?

–Ya lo sabe. Déjelo para después, cuando los muertos pasen a su jurisdicción exclusiva; ahora soy yo el responsable.

–¿Hay algo de malo en que recemos el santísimo rosario?

–Sí. No es momento ahora, ni luego; que cada cuál rece para sí todo cuanto le venga en gana, pero no en voz alta y a coro.

–Hermanos –mosén Hilario se dirigió a la asamblea, desoyendo las palabras del cabo–, aunque hoy es domingo empezaremos por el primer misterio doloroso, que nos recuerda la pasión y muerte de Nuestro Señor Jesucristo.

–¡Silencio! –ordenó el cabo Senante Gómez Requena.

–Padre nuestro que estás en los cielos... –levantó la voz mosén Hilario.

El murmullo de los rezos se alzó por encima del de las aguas y el valle se llenó de padrenuestros y avemarías, en su monótono recorrido por los misterios dolorosos del santísimo rosario. El cabo Senante miró a los guardias armados con metralletas, pero nada podían hacer por evitarlo, cómo impedirles que rezaran; además, los cadáveres ya estaban identificados, con las diligencias a punto, así es que dio media vuelta y se alejó hacia el precipicio, al pie de las sendas que serpenteaban escarpadas hasta la carretera, allí en lo alto, invisible desde aquel tramo del río. Examinó el roquedal por el que se despeñó el vehículo; los cristales brillaban como espejuelos al recibir de lleno los rayos del sol. Calculó la altura, sin que hubiera posibilidad de apreciarla con exactitud, ya que igual podía ser de treinta metros como de cincuenta, con una pendiente muy acusada que llegaba a la vertical en algunos casos. Desde allí siguió mentalmente la violenta trayectoria del coche, hasta dar en el río, junto a las aguas, con una vuelta de campana final que lo dejó en la posición que se encontraba, con las ruedas reventadas sobre las piedras, la carrocería aplastada, completamente desfigurado. Sorprendía que sus ocupantes no hubieran muerto en el acto, en contra de la teoría sustentada por el cabo Senante, que basaba sus argumentos en las pruebas oculares realizadas respecto a la posición de los cadáveres; de ello no albergaba la menor duda y así lo hizo constar en su informe, el cual serviría de borrador para la posterior redacción del atestado, además de acompañarlo al sumario como valioso documento, dados los datos que contenía y las pruebas que aportaba. Contempló después a los que rezaban el rosario, mosén Hilario con la batuta, sin llegar a comprender tan extraña actitud, porque no era normal un comportamiento semejante capitaneado por la autoridad eclesiástica. Movió la cabeza comprensivo y buscó una sombra en la que guarecerse, a la orilla del río, donde los árboles hallaban su mejor medro nutriéndose de la humedad de las aguas. Seleccionó uno de los más frondosos y tomó asiento sobre la hierba, reafirmándose en el tronco. Desde allí controlaría mejor la llegada del teniente. A la una y treinta y siete decidió abrir su abultada carpeta para revisar por última vez los documentos, pues la comitiva que esperaba –el teniente, el juez y el forense– no podía tardar ya demasiado, en el supuesto de que la demora se debiera, como era lo más probable, a las obligaciones del juez, siempre que tuviera actos programados dentro del horario de oficina, asuntos que resolver con urgencia, pues los muertos, ya se sabe, siempre pueden esperar, máxime cuando permanecen ocultos en el fondo del río; hubiera sido distinto si se encontraran sobre el asfalto de la carretera, interceptando la circulación. El cabo Senante Gómez Requena releyó su informe, con fondo de padrenuestros y avemarías, entre misterios dolorosos del santísimo rosario, y dio su completa aprobación a lo escrito, porque era fiel reflejo de lo sucedido y, de paso, aportaba las pistas suficientes para iniciar la investigación oportuna, a fin de rellenar las grandes lagunas que presentaba el caso, nada fácil de resolver. Con esas meditaciones andaba cuando le sorprendió el revoloteo asustado de los pájaros que trinaban sobre las ramas del árbol, alejándose de allí con apresurado batir de alas. El cabo Senante cerró su carpeta y se puso en pie, alisándose la guerrera y limpiándose el trasero de hierba. Por la senda bajaban el teniente, el juez y el médico forense. Esperó a pie firme para cuadrarse tan pronto como el oficial llegó a su altura, dándole a continuación la novedad.

–¿Qué significan esos murmullos? –preguntó el teniente, señalando a la multitud.

–Están rezando el rosario.

–Hágalos callar.

–Ya lo intenté sin resultado.

–Pruebe otra vez.

–¡Silencio! –pidió el cabo Senante, con voz potente y enérgica.

Se acallaron los rezos al momento, más por curiosidad que por la intercesión del cabo.

–¿Qué ocurre ahora? –preguntó doña Crisanda.

–Ya están aquí –le informó la Loba.

–¿Quiénes?

–Los que esperábamos.

–¡Jesús!

Los monaguillos se quedaron con el último amén en los labios, los santos óleos suspendidos sobre el muerto que no querían mirar, por más que lo cubriera una manta.

Felipe Iguacel, *el Ferrero,* corrió a ocupar su puesto sobre el tractor.

Se produjo un movimiento de inquietud y nerviosismo entre la multitud, que se apelotonó alrededor del coche siniestrado, pese a las protestas de Justino *el Borau,* vaya modales, y el teniente ordenó al cabo Senante que los mantuviera a raya a todos mientras el juez y el forense cumplían los trámites legales. Los cinco guardias civiles con las metralletas tuvieron que emplearse a fondo, atrás, atrás, porque todos querían presenciar el espectáculo desde la primera fila.

–No empujéis –pidió Rosario Fanlo Suelves, alias la Loba–, que voy a pisar el muerto.

Mosén Hilario se ocupó de salvaguardar el cuerpo de aquel infortunado, formando barrera con sus dos monaguillos, quietos aquí, y doña Crisanda y la Loba secundándole, estrechando el cerco a la muerte.

–¿Ha podido identificarlos? –peguntó el teniente al cabo Senante.

–Sí, mi teniente, a los cuatro. Aquí tiene la carpeta con los documentos y un completo informe con la narración de los hechos.

–Muy bien.

La multitud se mantuvo en silencio total –sólo se escuchaba el murmullo de las aguas y el piar de los pájaros– cuando el médico forense se dirigió a los cadáveres atrapados en el coche, primero al que le colgaba la mano por la ventanilla, levantó la manta discretamente, le tomó el pulso y lo cubrió de nuevo; repitió la operación con los otros dos y finalmente se acercó al que yacía sobre las piedras y se limitó a auscultarlo superficialmente –¿para qué más?–, casi con un simple correr y descorrer la manta. Después, el forense se volvió al juez, que le estaba observando, y asintió con la cabeza, sin que se cruzara entre ellos una sola palabra.

El juez realizó el mismo recorrido, acompañado por el teniente, a fin de cumplir con el requisito legal de levantar los cadáveres, y se detuvo ante cada uno de los cuerpos para preguntar muerto quién te ha matado, sin más respuesta que cuatro silencios prolongados, eternos y definitivos.

Sitges, 5-21 de julio de 1981.

Índice